ゲーテからの贈り物

ゲーテ 著

小塩 節 訳編

青娥書房

まえがき

十七世紀の三十年戦争（一六一八―一六四八年）によって、戦場となったドイツは国中のほとんどが焼け野原となり、その後しばらくヨーロッパの後進国となってしまった。ドイツはほぼ三〇〇もの領邦《ラント》と呼ばれる小さな国々の連合となり、名称だけは勇ましい「ドイツ民族の神聖ローマ帝国」と呼ばれるようになった。ただしスイスはこれに加わらずに独立した。

十八世紀半ばにフランクフルトで生まれたヨーハン・ヴォルフガング・フォン・ゲーテ（一七四九―一八三二年）は、若くして小説『若きウェルテルの悩み』で世界的な作家となったが、二十六歳の時にザクセン・ワイマル公国という小さな領邦《ラント》に客人として招かれ、たちまち国政に関わる身となり、小なりとはいえ一国をひきいる政治経済の責任者となり、一生をワイマルで過ごすことになった。しかし彼は一生、詩作と多面的文学活動を止めなかった。とくに明るい詩を多く創った。歓びも悲しみも、彼の掌《て》が汲むと水晶のような珠《たま》となった。そして彼は「永遠」の前には謙虚であった。

ゲーテの生涯にわたる詩作のいくつかを今ここに訳出し、まとめて小さな書物としてみると、繰り返しになるが、生きる苦悩に耐えぬいた彼の詩の明るさに驚かされる。モーツァルトが歌った五月の青く澄み切った空のようだ。

そして大事なことは、彼は軟弱だったのではなく、地上の至る所に見られる暴力への陶酔を断乎として拒否したこと。人生観においてはニヒリズムに対して徹底して背を向けたことである。彼は、小さく弱くとも人間たるものの自立と謙虚さを貴《とう》としとし、人間の人間らしさを心から訴え、うたった。そして人間の顎間骨の発見などの解剖学や色彩論、気象学、植物学、岩石学等の、自ら進めた科学の根拠に立って自然と生命を賛美した。むろんゲーテは人間性の暗い面や社会の陰、人々の生活の苦しさをよく知っていて、それをくつがえそうと彼なりに力を尽した。しかし彼はいわゆる革命家にはならなかった。自分の限界を知っていた。彼の生涯の間にはドイツに産業革命はまだ興っていなかったのである。しかし彼は人々、とくに国全体の農民の生活向上のため、多くの労をいとわなかった。

ところで、彼の胸の奥には終生一つの罪責感があった。

シュトラースブルクの北郊ゼーゼンハイムの牧師の娘フリーデリーケ・ブリオン。若き日の彼女への愛と突然の別れ。それは生涯の黙《もだ》した負い目となった。ワイマルに移ってから四年後の第二次スイス旅行への道すがら、彼はねんごろに彼女と再会し、おだやかにゆっくりと語り合って一日を過ごしたが、あの突然の別れによる罪責感は消えなかった。事実、彼女はその後ついに一生結婚しなかった。

彼の心に残るフリーデリーケの面影は、大作『ファウスト』の乙女グレートヒェンの像となって消えず、八十三年の生涯を終える時になっても澄明な悲しみと愛の賛歌として彼ゲーテの心にのこった。そして世にのこるこの大作の基調となったのだった。

当時としてはたいへんな長寿である八十三年の一生を悠々堂々と生きた彼の心には、実に多くの歓びと深い悲しみがあった。それを彼は明るい言葉に結晶させて、人々に伝えた。「伝える」ことが彼の生涯の使命だった。

正確厳密な韻律法を正しく守った驚くべく多い詩も、そしてまた本書に訳出したスイスへの旅の記録でもある一種の書簡文も、このような「伝える」意志と力に貫かれている。それは時と所を越えて、現代に生きる私たちへの、特に若い人びとへの、彼からの心をこめた贈り物である。

全世界が新型コロナ・ヴィールスとその変異型その他の凶悪なパンデミックの猛威に襲われ、若きも老いも言いようもなく苦しんで疲労困憊《こんぱい》している今、彼は実につよい贈り物を私たちにのこしてくれた。そうなのだ。科学的基盤の上に、心に明るい光を持つこと、これである。そして私たちも明るい言葉を取り戻そう。この贈り物を読者の皆さんに、心からお取り次ぎしたいと願うのである。

ゲーテからの贈り物／もくじ

まえがき…1

初期の詩（一七六五―一七六八年）
アンネッテに…8　美しい夜…9

疾風怒濤時代（一七七〇―一七七五年）
ゼーゼンハイムにて…12　会うよろこびと別れ…13　五月の歌…16
野ばら…19

リリー
新しい恋　新しい生…21　湖上にて…23　山上から…25　秋　思…26
リリーに…27

物語詩
すみれ…28　トゥーレの王…30　霊の挨拶…32　不実な若者…33

天を想う…36　なかまの歌…37　マホメットの歌…40
プロメーテウス…46

ワイマル時代初期（一七七六―一七八六年）

猟人の夕べの歌…52　シュタイン夫人に…54　月　に…56　憂　鬱…59
旅人の夜の歌…60　旅人の夜の歌（憩いの歌）…61
冬のハールッ紀行…62　人間の限界…68　神　性…71　漁　夫…76
魔　王…79　吟遊歌人…82

『ウィルヘルム・マイスター』から

ミニヨン…85　あこがれ…87　語らずに…88
竪琴弾きのうた…89　おなじく…90　おなじく…91　ミニヨン…93

古典期の詩（一七八七―一八一二年）

凪…96　詩神の寵児…97　失われた初恋…100　追　憶…101
見つけた花…102　鼠取り…104　神と舞いひめ　印度伝説…106
小姓と水車小屋の娘…113　追いかける鐘…117

晩年の詩（一八一四―一八三二年）
『西東詩集』より
至福な憧憬…122　現　象…124　銀　杏…125　愛をかさね…126
栗のいが…127　ズライカ（西風よ）…129
格言風に…131　真夜中に…134　昇りゆく満月に…136
朝まだき（ドルンブルクにて）…137
塔守リュンコイスの歌―『ファウストⅡ』から―…138
『第二次スイス旅行の記録』から
訳者解説…142
ゲーテ　フルカ峠を越えて。『第二次スイス旅行の記録』から…145
あとがき…183

初期の詩

（一七六五——一七六八年）

アンネッテに

むかしの人は自分の本の表題を、
ふつうは神々の名や
ミューズや友の名にちなんでつけた。
でも恋人の名をつけた人はない。
アンネッテよ、
ぼくの神、ぼくのミューズ、
ぼくの友、すべてでもある
恋しいきみの名を、どうして
この本につけてはならぬことがあるだろう。

An Annetten

美しい夜

わが美しいひとの
住いをはなれ
足音もひそかに
暗く音もない森を行けば、
月はしげみや槲《かしわ》の木立に洩《も》れ
風は木の葉にそよぐ、
そして白樺はほのかにゆれて
あまい薫りを月にささげる。

この美しい夏の夜の
なんとここちよい涼しさ、
ああ　このしずけさに
心にせまる幸福《しあわせ》のおもい、
つきぬよろこび。

だけど、こういう夜を
千度もあきらめよう、
あの人が　ひと夜をさずけてくれるなら。

＊十六―十九歳、ゲーテはライプツィヒ大学で法律を学んだ。在学中、自家製（手製）詩集を三巻つくって友人に配った。

疾風怒濤《しっぷうどとう》時代

（一七七〇——一七七五年）

ゼーゼンハイムにて

きみを愛しているのかどうか、ぼくにはわからない。
ただ一目きみの顔を見れば
ただ一目きみの眼を見れば
ぼくの心の苦しみはすっかり消える。
どうしてこういうことになるのか。
きみを愛しているのかどうか、ぼくにはわからない。

＊ライプツィヒで罹《かか》った病気を一年余りかけて故郷でなおし、シュトラースブルク大学に学ぶ。北郊ゼーゼンハイム村の少女フリーデリーケ・ブリオンを愛した。

会うよろこびと別れ

胸は高鳴る　いざ馬へ。
思うまもなくまっしぐら。
夕べはすでに大地をねむらせ
山べにかかる夜のとばり、
槲《かしわ》は霧をまとって
行く手をふさぐ巨人のすがた、
闇は木立のしげみから
百千《ももち》の黒い瞳でのぞく。

連なる雲の切れ目から
わずかに覗《のぞ》くおぼろ月、
夜風はかすかに翼をふるって
耳もとにぶきみな音を立て、
夜はかぎりない妖怪を生む。

しかしぼくの心はたのしくはやり、
この血脈になんという火！
ぼくの胸になんという焔《ほのお》！

きみに　会えた。やさしいきみの瞳から
流れくるしずかなよろこび。
ぼくの心はきみに添い
つく息もすべてきみのため、
バラ色の春のけはいが
かわいい頬をそめ
ぼくへのやさしいもてなし、おお神よ、
これを受けてもよいのだろうか。

ああしかし、暁《あかつき》の光とともに
胸をしめつける別離のとき、
きみの口づけになんという歓喜
君の瞳になんという悲痛。

立ち去るぼくに　きみはうつむいて立ち
眼をうるませて見送ってくれた、
だが、なんという幸福だろう、愛されるということは！
また　愛するということは　ああ　なんという幸福だろう！

五月の歌

なんとはれやかな
自然のひかり、
日はかがやき
野はわらう。

どの枝も
花を噴《ふ》き、
しげみからは
数知れぬ鳥の歌声。

胸に湧く
歓喜。
おお地よ　太陽よ、
幸福よ　よろこびよ。

愛よ　おお　愛よ、
丘の辺《べ》の
朝霧のように
金色《こんじき》に美しく

晴れやかにおんみは祝福する、
よみがえる野を、
花にかすむ
生命《いのち》あふれる世界を。

少女《おとめ》よ　おお　少女よ。
ぼくは　君を愛す。
きみの目はなんと輝き、
ぼくを愛してくれることか。

雲雀《ひばり》が歌と

大気を愛し、
朝開く花が空の薫りを
愛するように

ぼくは　きみを愛す、
あつい血汐《ちしお》たぎらせて。
青春とよろこびと
勇気をあたえ

新しい歌と舞踏へと
ぼくをさそってくれるきみ。
とこしえに幸《さち》あれ、
ぼくへの変わらぬ愛とともに。

野ばら

野辺《のべ》に咲く
あかいばら
朝日のような美しさ
少年は見るなり駈けよって
うっとり眺めておりました
あかい野ばら
野辺に咲くばら

「さあ　折るよ
あかい野ばら」
「刺してあげるわ
わたしのことを忘れぬように
ただ折られたりはしませんわ」
あかい野ばら

野辺に咲くばら

でも少年は　むごくも折ってしまった
あかい野ばらを
ばらはふせいで　刺したけれども
嘆きも叫びもむだでした
やっぱり折られてしまった
あかい野ばら
野辺に咲く　ああ　あかいばら

Heidenröslein

リリー

新しい恋　新しい生

心よ、ぼくの心よ、どうしたというのか、
何をそう　激《げき》しているのか。
ついぞ知らぬ　新しい生、
これがもとのぼくだろうか。
ぼくの愛したすべてはうせて、
悲しみのもとであったものすべて、
ぼくの勤勉、ぼくの平和、すべてはうせた。
ああ、どうしてこんなになったのか。

あの花咲く若さ
愛らしいあの姿、

まこととやさしさのこもる眼に
とりこになってしまったのか。
さっと身をひき
思い切って逃げようとする、
でも、ああ　その瞬間に
ひきもどされる彼女への道。

切るに切れない
この魔法の糸で
可愛い気ままな少女は
しっかりぼくをしばってしまった。
少女の魔法の環《わ》のなかで
その言いなりに生きねばならぬ。
ああ、この身のなんたる変わりよう、
恋よ、恋よ、はなしておくれ。

湖上にて

―第一次スイス旅行、旅日記から―

そして　あらたな糧《かて》と新しい生命の血とを
ぼくは吸う　自由の天地から。
ふところにぼくを抱く
自然のやさしいこまやかさ。
波はぼくらの舟を
櫂《かい》に合わせて揺《ゆ》する、
雲をいただき聳《そび》える山は
かなたにあってぼくらを迎える。

眼よ、ぼくの眼よ、なぜ沈むのか。
黄金《こがね》色の去りし日の夢の姿よ、また現われるのか。
去りゆくがよい、どれほど黄金の夢であろうと。
ここにも愛と生命《いのち》とがある。

波間にただよい
きらめく星は数知れず、
湖畔の遠い山々は
やわらかな霧にのまれて消える。
吹く朝風は
影ふかい入江をめぐり、
湖面に映《は》える
熟《う》れゆく果実《このみ》。

山上から

リリーよ、きみを愛していなかったなら、
どんなにか歓喜してこの眺望《ながめ》をたのしんだことだろう。
けれどもリリーよ、もしもきみを愛していなかったなら、
どこに幸福を覚えるところがあるだろう。

*

やさしいリリー。きみはかくも長く
わがすべてのよろこび、歌だった。
ああ　そのきみがいまわが悲哀となった。
しかもなお、わがすべての歌である　きみ。

秋思

みどり濃い葡萄《ぶどう》の葉
窓辺をつたい
棚にしげる。
双子《ふたご》の房は　つぶらにまろく
日ごとに熟れる。
去りゆく秋の陽《ひ》に
あたためられ、
実りのときのそよかぜに
やさしく揺れる。
月の吐くほのかな息に
つめたく冷えて――
きらめく朝露《つゆ》は
永遠《とわ》の愛に
ああ　あふれやまぬ
わが目の泪《なみだ》。

リリーに

なだらかな谷、雪つもる丘に、
離れなかったきみのおもかげ。
白雲に流れるきみの姿を眺め、
わが心にきみは宿った。

思えば　心と心の牽《ひ》き合う力は
すべてにまさる強さであった。
そして愛は　愛から
けっして逃《のが》れられはしないのだ。

＊リリー。フランクフルトの銀行家の十六歳の娘エリーザベト・シェーネマン。愛称リリー。ゲーテは生涯この一度だけ正式の婚約をしたが、市民生活の狭さをおそれて、婚約を解消した。しかし後年までよい友情を保った。

物語詩

すみれ

牧場《まきば》にすみれが咲いていた
人にも知れずうなだれて
ほんとに可愛い菫《すみれ》ひともと
そこへ羊飼う娘《こ》がやってきた
足どりかるく　こころもかるく
牧場の小径を　あちらから
歌をうたってやってきた

「ああ」　すみれは思う
「いちばんきれいな花になりたい
ほんのちょっとのあいだでも

そしてあの娘《こ》の手に摘まれ
胸に抱かれて　しぼんでもいい
ああ　ほんの
ちょっとのあいだでも」

ああ　でも　少女は
気にもとめずに通り過ぎ
踏んで砕いたそのすみれ
すみれは倒れ　息たえながら
「これで　おしまい
でもあのひとの足にふまれて
あのひとの足もとに死ねてうれしい」

Das Veilchen

トゥーレの王

むかしトゥーレの王さまは
みさおのかたいかたでした。
お妃《きさき》さまは先立つときに
金のさかずきをおのこしでした。

これにまさった宝はなくて
宴《うたげ》のたびにさかずきをだし
いつもお飲みになるごとに
まなこに涙があふれます。

やがて齢《よわい》のつきる日が来て
国の町々かぞえあげ
世つぎの王子にゆずりましたが
さかずきだけは渡しませんでした。

これがさいごの王の宴《うたげ》に
騎士たちずらりといならびました、
海を見おろす高いお城の
ご先祖しのぶ大きい広間。

老いた王さま　すっくと立つや
最後の生命《いのち》の火を飲みほして
そしてとうといそのさかずきを
はるかな潮流《うしお》に投げこみました。

水を撃《う》ち　水をのみ
海そこ深く沈んでいくのを見て
王のまなこも深く沈んで——
雫《しずく》も飲まなくなりました。

Der König in Thule

霊の挨拶

古城の塔高く
英雄の霊は立ち
船の過ぎゆくのを見て
旅路安かれと祈る。

「見よ、この筋肉はたくましく
心はつよく剛毅であった、
節々《ふしぶし》に勇者の髄がみち、
満々の　盃《さかずき》をひいたものだ――

わが半生を嵐のように駆けぬけ
後半生は悠々と過ごした。
おお　そこを行く人間《ひと》の小舟よ、
たえずやすまず　進みゆけ」。

不実な若者

むかしあるところに小僧がおった
フランスがえりのホヤホヤで
なんとも厚かましい野郎。
貧しい育ちの小娘を
よくまあ抱えて　撫《な》でたり締めたり
花婿づらして歩いていたが
あげくのはては　ポイと捨てて逃げた。

あわれなむすめはそれと知り
正気をなくして
笑って泣いて　祈って呪い――
はかなくこの世を去ってしまった。
むすめが死んだその刻限
野郎は何やらぞっときて　髪毛《かみ》も逆立ち

馬にとび乗り　一目散にかけだした。

拍車をあてた左右
めっちゃくちゃらに駆けまわる
西へ東へ　東へ西へ
いかほど駆けても　落ち着かぬ。
七日七夜はただ駆けどおし――
閃《ひらめ》く電光　とどろく雷鳴
豪雨のあらしに野は押し流された。

稲妻の光にちらりと見えた
崩れた家に駆けよって
馬をつないで　ようやく這《は》いこみ
やっとしのいだこの大雨。
そこであたりを手さぐれば
がっと足下の大地がひらき
ものの百尺もんどり堕《お》ちた。

傷をさすってようやく立てば
僅かに動いて見える燈《ひ》が三つ。
やれ嬉しやといざってゆくと
燈はあちらへと遠のくばかり。
たてよこあちこち　廊《ろう》　階段
朽ち荒れはてたあなぐらなどを
つぎからつぎへとおびきゆく。

突然ひらけた大広間
幾百の客がいならぶところ。
窩《うつ》ろの眼《まなこ》　歯を剥《む》き　笑い
さあ祝いの席へとめくばせをする。
見れば一座に
白無垢《むく》姿のあの娘
そいつが　こちらへ――　ふりむいた。

天を想う

わが心、言い難い苦しみを重ね、
苦悩をのみ糧《かて》としておりますが、
この心に溢《あふ》れる熱い涙も
これが終《しま》いではございませんでしょう。

なにとぞ、地においても天においても
つねに変わらず「愛」を覚えしめたまえ。
たとえ苦痛のわが脈管に
えぐるがごとく続きましょうとも。

おお　永遠の主よ、わが心はいつの日か
主によって満ちみたされてありますように。
この果てしなき、ああ　深き苦悩の
いつまで続く地上の生命でございましょう。

なかまの歌

愛と葡萄酒《ぶどうしゅ》に
心たかなるよき時は
友よ　われらの歌を
ともにうたおう。
神　われらを集《つど》わしめ
このところへと導き給う。
主の点《とも》したまいしこの焔《ほのお》、
さらにもつよく吹き起こせ。

この日たのしく心燃え
まごころこめて一つとなろう。
さあ　芳醇《ほうじゅん》のこの酒を
よろこび新たに飲みほそう。
いざ　盃《さかずき》をうち合わせ

あらたななかまも
古いなかまも
心をこめて　口づけしよう。

ぼくらの集《つど》いに
よろこばぬものがあろうか。
たのしめ　自由を
まことの友情を。
つねに変わらず
心をひらき、
些事《さじ》にこだわらぬ
ぼくらのなかま。

神よりうけた
自由な生き方、
人世《じんせ》の万事は
しあわせを増す。

くよくよするな
へしゃげるな。
栄達《えいたつ》もとめず
ぼくらは　自由。

足どりはやく
生きぬく生涯、
眼《まなこ》はますますほがらかに
高みを見上げる。
浮き、沈みする人生に
不安になることはない。
とわに変わらぬ
われらの集い。

マホメットの歌

見よ　星のごとく
よろこび輝く
岩間の泉を。
雲の上高く
精霊たちが
山巓《さんてん》、岩木のあいだに
幼き姿を育てた泉を。

若さにあふれ
雲間をやぶり
大理石の岩に躍り立ち
歓呼の声をあげて
大空にふりかえる。

尾根径を押し行くときは
色うつくしい小石を流し、
早くも王者の足どりして
兄弟の泉を
ひき集めゆく。

谷にくだれば
その歩みのもとに
花は生まれ、
牧場はいきづく
その息吹きにふれて。

だが蔭涼しい谷も、
膝にすがって
媚《こ》びる花も
彼をとどめはしない、
ひたすらに平野をめざし行く、

大蛇のようにうねりうねりつつ。

小川はいつも
彼に添う。
いま銀色に輝いて
平野にはいる。
平野はともに照り輝き、
野をゆく川も
山の流れも
歓呼して彼を迎える、「兄弟よ
兄弟よ。弟たちをともにひきゆけ、
汝の老いし父
永遠の大洋へ。
父は腕をひろげ
われらを待つのに
慕い走るわれらを抱こうと
腕をひろげて待っているというのに、

ああ　荒れ果てた砂漠の砂は
われらをむさぼり
ぎらつく太陽は
われらの血をすすり
丘はわれらをはばんで
池となす。
兄弟よ、
平野にある弟たちを
山々の弟たちを
連れて行け、父のもとへと」

「きたれ、みなともどもに」――
応《こた》える彼の
偉容はさらに増し、
一族こぞって
王者を高く担《にな》う。
とどろく凱歌《がいか》の歩みにつれて

国々に彼の名が与えられ、
行くところ　町々興《おこ》る。

とどめるものもなく、　滔々《とうとう》と行く、
焔と輝く塔の頂、
大理石の家々、すべておのが力の
創れるこれらのものをあとにして行く。

巨船の数々を　アトラス*は
大いなる肩に担い、
頭上には
彼の偉大な力をたたえて
数千の旗　天にはためく。

こうして彼は兄弟たちを
愛するものを　子どもらを、
父なる創造者の胸もとに

歓びどよもしつつ運びゆく。

＊アトラスは地を肩に担うギリシア神話の巨人。『マホメット』という表題は、同題の戯曲にそえ、河川の姿によせて偉大な人格の発展を歌おうとしたもの。

プロメーテウス*

なんじの天を覆《おお》え　ゼウスよ
濛々《もうもう》たる雲をもって。
あざみの首をむしりつつ遊ぶ
少年のごとく
槲《かしわ》に山巓《さんてん》に　なんじの力をためせ。
されど　大地はわがもの
手を触《ふ》るるべからず。
また　なんじならず
わが建てしこの小屋に
わがかまどに　手を触るな。
焔ゆえに
なんじ　われを妬《ねた》む。

天《あめ》のしたに　神々よ

なんじよりあわれなるものを　われ知らず。
なんじらは
犠牲《いけにえ》と
祈禱《きとう》の煙によって
わずかに権威をやしなうにすぎず、
世に童子、乞食、
愚かな希望にみつるものなくば
なんじらは　餓死《がし》の身ぞ。

われ幼くして
世のさだめ知らざりしとき
迷える眼して
日輪をあおぎぬ。
わが嘆きを聞く耳そこにあり、
苦しむものをなぐさむる
われにひとしき心そこにありと信じて。

巨人族の倨傲《きょごう》と戦いしとき
われを助けたるはたれぞ。
死より　隷従《れいじゅう》より
われを救いしはたれぞ。
燃ゆる聖火のわが心よ
そはすべてわがなせしところならずや。
しかもわれおさなくも欺《あざむ》かれ
天上に眠れるものに
あつき感謝を捧げたりし。

なんじを崇《あが》めよと、何ゆえに？
重荷を担うものの苦悩を
なんじかつて和らげしことありや。
なんじかつて憂え悲しむものの
涙を拭いしことありや。

われを男子に鍛えあげしは

全能の「時」
永遠の「運命」
これぞわが主、なんじの主なり。

若き日の　美しき夢
すべて破れて　実を結ばざれば
われ生を憎み
荒野にのがるべしと
なんじおろかにも思いしにあらずや。

われここに坐し
わが像《すがた》に肖《に》せて　人間《ひと》を創《つく》る、
苦しむも　泣くも
たのしむも　歓喜するも
なんじを崇めぬことも
われにひとしき
種族をつくる。

＊プロメーテウス Prometheus は天上の火をぬすんで人間に与えた。ゼウス（ツォイス、ジュピター）はこの反逆者をコーカサスの岩壁につないで、一羽の鷲に生き肝をつつかせたという。

ワイマル時代初期（一七七六——一七八六年）

猟人の夕べの歌

息をつめ　銃をかまえて
心猛《たけ》く野をゆくと
瞼《まぶた》にうかぶ　あのおもかげ
なつかしいあなたのすがた。

野を行き谷をさすらっておいでだろうか
いま　ひとりしずかに。
ああ　ひとときでもよい　ぼくの姿を
思い浮かべてくださるのだろうか。

忿懣《ふんまん》身のおくところを知らず
かくも激しく世をかけめぐる
そのもとは——
あなたとの別離《わかれ》。

だがあなただけをひたすら思えば
月を仰ぐかのよう
どうしてなのか
静かな平和が　おとずれてくる。

＊かつて宮廷女官を勤めた貴族シャルロッテ・フォン・シュタイン夫人との極めて知的な愛が、ゲーテをワイマルにひきとめる一助となった。夫人は七歳年上で、七人の子があった。

シュタイン夫人に

きよらかなしずかな自然を　ここで写しながらも
心はながい苦しみでいっぱいだ。
いつもあのひとのため生きているのに
あのひとのため生きてはならぬのだから。

★

岩場に咲いたこの花を
だいじにあなたに捧げます。
いつかしおれる花であっても
とわに変わらぬ愛のしるしに。

★

ああ　運命の力におされ
不可能を求めてやまぬ　わが身。
愛する天使のために　平凡な日を生きてはいないが
ここ山巓《さんてん》にあれば　わが心きみのために生く。

★

ああ　やはりあなたはわがもの
わが身はあなたのものでした。
この真実を　もう
疑いはしますまい。

あなたのおそばにいるときは
愛してならぬと思いつつ
遠く離れているときは
ああ　愛の強さをひしひしと思います。

月に

ふたたびしげみと谷を
あわい光にしずかにみたし、
わたしの心をも
ついにはときほごす。

わが行末を
やさしく見守る　友の瞳のように、
月よ　おんみの和《なご》やかな眼は
わたしのあゆむ広野にひろがる。

たのしかった日　憂いの時の
なべての思い出を噛《か》みしめながら、
喜び悲しみにわたしはさすらう
ただ独《ひと》り。

流れゆけ　流れゆけ　いとしい川よ。
よろこびの還《かえ》る日はなく、
たわむれも口づけも
愛のまことも流れて失《う》せた。

わたしにもかつてはあった
その貴いものが——。
胸痛むとも
忘れはしない。

音たかく　谷間のみちを
休まず　川よ　流れゆけ。
わたしの歌に
調べを添えよ、

冬の夜は

岸辺にあふれ
春の日は
花芽《つぼみ》をめぐり　湧きかえりつつ。

憎しみの思いをすてて
世を離れ
ひとりの友を
心にいだき

世人《よびと》も知らぬまま
胸にさしこみ
照り渡り行く月を
友と味わう　人のしあわせ。

憂　鬱

人間なんて　こん畜生だ！
気も狂うほど　いやな奴らだ。
いきはずませて　ぼくは思うのだ、
もう　だれにも会うまい、
人間なんぞ　天でも人でも
悪魔にでも　まかせてしまえ――
そのくせ　人に一目出合うと、
そいつが好きになっちゃうぼくなのだ。

旅人の夜の歌

おんみ　天よりきたり
すべての悩みと苦しみを鎮《しず》めるものよ、
悲しみいと深きものの心を
深き慰めをもってみたすものよ、
ああ　われ人世《じんせ》のいとなみに疲れはてぬ。
苦しみ　たのしみも　そも何。
かぐわしき　平安よ、
来たれ　ああ来たれわが胸に。

Wandrers Nachtlied
(Der du von dem Himmel bist)

旅人の夜の歌（憩いの歌）

峯々《みねみね》に
憩《いこ》いあり
梢《こずえ》をわたる
そよかぜの
あともなく
小鳥の歌も森にやみぬ
待てしばし　やがて
汝《なれ》もまた　憩わん

Ein gleiches　即ち Wandrers Nachtlied
（Über allen Gipfeln）

冬のハールツ紀行

禿鷹《はげたか》が
重い朝雲の上を
翼も動かさず
獲物を求めて飛ぶように
わがうたよ　浮かべ。

人ひとりひとりに
神は　あらかじめ
その行く道をお示しになる。
幸運なものはその道を
めざすかたへと
すばやく走る。
だが　ふしあわせに
胸締めつけられたものは

鉄線の
しがらみに向かって
さからってもむなしい、
過酷な鋏《はさみ》に
その糸を断たれるまでは。

しげみの棲家《すみか》に
野獣は分け入り、
そして雀と同じに
富裕な人々は
湖沼のような住居に沈んだ。

幸運の女神の曳《ひ》く
くるまに従って行くのはたやすい。
たとえば気楽な侍従らが
坦々としたよい道を
君候の入城に従うように。

だが人と離れ　かしこに立つのは誰か。
しげみに彼の道は消え、
その行くあとに
しげみはうち閉ざし、
草は起きなおり
荒れ地が彼を呑みこむ。

慰めの香油も毒となり、
溢《あふ》れる愛を飲みほして
人間憎悪を得たものの
苦しみを　ああ　誰が癒《いや》そう。
まず軽んぜられて　今は軽蔑するものとなり、
飽くなき我執にとらわれて
自らの価値をひそかに
食いつくす。

父なる「愛」よ。
おんみの竪琴《たてごと》に
彼の耳に響く音があるならば
その一《ひと》つの音で　彼を慰めてください。
渇く彼のそばの
荒野にも　多くの泉があることを
彼の曇った眼をひらいて
知らせてください。

よろこびを多く創《つく》り
すべてのものに　限りなく与えるおんみよ、
野獣を追い
若さの心をたぎらせて
殺戮《さつりく》のよろこびに酔う
若い狩人たちを　祝福してください。
いく年もの長いあいだ　農民が
手に棒をもち　防いでも防ぎきれなかった

あの禍《わざわい》に今　復讐《ふくしゅう》しているものたちを。

けれども　あの孤独なものは
おんみの金色《こんじき》の雲で　包んでください。
ばらのふたたび咲く日まで
おんみの詩人のぬれた髪に
おお愛よ、常緑樹《ときわぎ》の枝を
めぐらしてください。

おんみはおぼろの炬火《たいまつ》をかざし
彼の足もとを照らして
夜　浅瀬をわたらせ、
荒れはてた野の
ぬかるみの道を照らし
朝は織りなす光で
彼の心に笑《え》みかけ、
心にしみる嵐にのせて

彼を山頂に運びあげてくださる。
冬の流れは岩を噛《か》んでたぎり落ち
詩人の讃歌《うた》に調べを合わせ、
敬心篤《あつ》い諸国の民が
諸霊を祀《まつ》って畏《おそ》れた
雪白い山巓《さんてん》は、
あつい感謝を捧げる
詩人にとっての祭壇となる。

人にはそのふところを究《きわ》め尽くせぬおんみ、
神秘に満ちてなおすべてを開き示し
讃嘆する世界を見下ろし
地上の華麗な国々を
雲間から俯瞰《ふかん》する。
かたわらの同胞《はらから》の山々の脈管をもって
おんみは地の国々をうるおしたもう。

＊二十八歳の冬、ハールツ山中を旅し、主峯ブロッケン山に雪中登山。その頃カール・アウグスト公は西郊で猪狩りを楽しんでいた。

人間の限界

あの劫初《ごうしょ》からの
聖なる父が
おだやかに手をあげ
雲巻く空から
めぐみの雷を
地に播《ま》かれるときに
わたしは口づけをする
父の 衣《ころも》 のすそに。
幼な心の畏《おそ》れを
胸いっぱいにして。

人間はだれも
神々と　身を
くらべるべきではないからだ。

高く身をあげ
額を星に
ふれたとしても
よろめく足を
支えるものはなく、
雲、風に
もてあそばれる。

筋骨いからせ
ゆるぎない
不動の地上に
立つときも
槲《かしわ》の木
葡萄の樹にさえ
くらべもつかぬ
その身丈《みたけ》。

神々と人間の
ちがいはそも何。
神々の眼前には　さかまく
波浪も
永遠の流れ。
わたしたちはその波に
おしやられ波に呑《の》まれ
沈んでゆく身。

小さな輪がひとつずつ
わたしたちの生命を区切る。
そして幾世代もが
続きに続いて
人間存在の
限りない環鎖《くさり》をつくる。

神性

人間は気高くあれ、
人を助けて善良であれ。
このことだけが
わたしたちの識《し》る
すべての存在から
人間を区別する。

未知ではあるが
わたしたちの予感する
より高い存在に幸《さち》あれ。
その存在に人間よ　似よ。
わたしたちの行なうところが
あの実在のあかしとなるように。

自然は
非情だからだ。
太陽は
善悪すべてを照らし
罪ある人にも　正しい人にも
月と星とは
輝き光る。

風も流れも
雷電《らいでん》　雹雨《ひょうう》も
天をつんざき
疾過《しっか》し
人を問わず
襲いかかる。

運命もまた同じく
人を選ばず

無垢《むく》の捲《ま》き毛の
童子をとらえ
罪を重ねた老人の
禿頭《とくとう》を襲う。

永遠の　厳正な
大いなる法則にしたがって
わたしたちはみな
おのが存在の輪を
完《まっと》うしなくてはならぬ。

ただ人間だけが
不可能をなしうる、
人間は区別し
選び　裁断する。
人間は刹那《せつな》の瞬間に
持続を与えることができる。

人間だけが
善人に報い
悪しきを懲《こ》らし
病《やまい》を癒《いや》し　救い、
迷いさまようすべてのものを
結び合わせて用いられるのだ。

そしてわたしたちは
不滅の存在をあがめる、
生きた人間であるかのように。
最善の人が　小さな形で
行ない　望むところを
大きな形でしてくださるのだというように。

気高い人間よ、
人を助け　善良であれ。

うまず創《つく》れ
役立つものを　正しいことを。
ほのかに感ずるあの存在の
証《あかし》のすがたたれ。

Das Göttliche

漁夫

水は鳴り　水は高まる、
漁夫がひとり岸辺に坐り
しずかに浮標《うき》を見守っていた。
胸までしみる涼しさだった。
こうして坐り　見つめていると
うしおは盛り上がり二つに割れて
ざわめく波のあいだから
濡《ぬ》れた女があらわれる。

女はうたい　女は語った。
「どうしてわたしの幼いものらを
人の智恵と人のたくらみで
白日の死におさそいなさる？
ああ　小さな魚が水底《みな》で

しあわせなのを　ご存じだったら。
そのままあなたもおりてらしたら
おすこやかに　なるでしょうのに。

お日さまも　お月さまでも
海のゆあみを　おたのしみでしょ。
波にいきづき　その顔は
前にもまして　うつくしくなるでしょ。
水底《みな》深い大空と
濡れて澄んだ碧色《あお》が　あなたを誘っていないのかしら。
永遠《とわ》の露にうつったあなたのお顔が
こちらにおいでと　招きませんこと？」

水は鳴り　水は高まる、
漁夫の素足をひたひた濡らす。
恋しい人の呼ぶかのように
心はあこがれ　ふくらんだ。

女は語り　女はうたった。
漁夫はとどまるすべもなく
なかばはひかれ　なかばは沈んで
姿は水に消えてしまった。

魔王

誰《だれ》だろう　こんなにおそく闇と風を衝《つ》いてゆく人は。
駆《はし》るのは　子どもをつれた父、
やさしくわが子を腕にいだいて
しっかりふかくかかえて進む。

坊や、なにをそんなにこわがって　顔をかくすのだ。
お父《とう》さん、魔王が見えないの、
冠つけて尾裾《おすそ》の長い魔王がいるのに。
坊や、あれはたなびく霧だよ——

「かわいい子、さあ　わたしとおいで。
うんとたのしいお遊びしよう。
岸べには　きれいなお花がたくさん咲いている。
うちの母《かあ》さん、金のきものをたんと持ってるよ」

お父《とう》さん、お父さんてば、あれが聞こえないの、
魔王がこごえで約束するのが？
大丈夫、坊や、こわがるな、
枯れ葉に風のざわめく音だよ――

「かわいい坊や、いっしょに行くね。
うちの娘たち　たんとおもてなしするよ。
夜の踊りを輪になっておどり、
坊やをゆすり、踊って歌って寝かしてくれるよ」

お父さん、お父さん、これでも見えないの、
あの暗がりの魔王の娘たち。
坊や、坊や、父さんにははっきり見える、
灰色のおいぼれ柳の影なのだよ――

「お前が好きだ、きれいな姿がたまらない。

いやだというなら、力ずくだぞ――」
お父さん、お父さん、魔王がぼくをつかまえる、
ぼくに痛いことしたんだよ――

父は総身おぞけたち、馬を速足にかけさせる、
喘《あえ》ぐ子どもを両手にかかえ
やっとの思いで邸《やかた》に着くと、
腕にだかれて　子は息《いき》たえていた。

Erlkönig

吟遊《ぎんゆう》歌人

「城門のそと　橋の上に
鳴り響く音は何じゃ。
あの歌をこの広間で
みなの前に響かせい！」
王様の仰《おお》せに小姓《こしょう》は走った。
童侍《どうじ》が戻ると　王様は声高く
「その老歌人を召し入れよ」

「ごめんください　騎士のみなさま、
ごめん遊ばしませ　美しい御婦人がた。
おお晴れやかな楽園のここ　並ぶ綺羅星《きらぼし》、
御名を存じ上げる方がありましょうか。
絢爛《けんらん》豪華の大広間、
さあわが眼よ閉じよ　眼をみはり

楽しむ時ではないからのう」

吟遊歌人はまなこをつむり
力をこめて豊かにうたった。
居並ぶ騎士はいさましく
膝には美女を抱いて聴く。
ことのほか嘉《よろこ》びなさった王様は
お賞《ほ》めの品にと
黄金《こがね》の鎖《くさり》をお召しになった。

「黄金の鎖は　いただけませぬ。
騎士のかたがたにお授けください、
豪勇のお顔のまえに
敵の穂先《ほさき》も砕け散ります。
あるいは　宰相《さいしょう》さまにお授けください、
ほかの重荷のそのうえに
黄金の重荷もお加えなさいまし。

てまえの歌は梢《こずえ》に住まう
鳥のさえずり、
咽喉《のど》から出まする歌声こそが
何にもました褒美《ほうび》でございます。
ただひとつだけお願いがございます。
黄金の立派な盃で
芳醇のご酒《しゅ》一杯いただきとう存じます」

おしいただいた盃を　ぐっと飲みほし
「おお　なんとけっこうなご酒でありましょう。
この甘露《かんろ》さえ　ごくささやかな祝儀《しゅうぎ》であります
この幸《さち》あふれますお館《やかた》に　幸福《さいわい》豊かにありますように。
お健《すこ》やかのおりは、てまえを想ってくださいまして
てまえがこの甘露にお礼申し上げますよう
神さまに　あつい感謝をささげてくださいますように」

『ウィルヘルム・マイスター』から

ミニヨン

ご存じですか　レモンの花さく国を、
暗い葉陰にオレンジはこがねに輝き
青い空からそよ風の吹きかよい
ミルテは静かに　月桂樹は高くそびえる
あの国をご存じですか、
　　ああ　あちらへと
参りたい　いとしい方《かた》よ　ご一緒に。

ご存じですか　円柱に屋根高いあの館《いえ》を、
輝きわたる大広間、小部屋も明るく
立ちならぶ大理石の彫像がわたしを見つめ

「かわいそうに　どんな目にあったの」とたずねてくれる
あの館をご存じですか、
　　　ああ　あちらへと
参りたい　お守りくださる方よ　ご一緒に。

ご存じですか　あの山と雲のかけ橋、
らばは霧の道をさぐり
ほこらに太古の竜の一族が住み
切り立つ岩に奔流《ほんりゅう》かかる
あの山をご存じですか、
　　　ああ　あちらへと
参りましょう　おお父上よ　ご一緒に。

Mignon（Kennst du das Land）

あこがれ

あこがれを知る人だけが　わかってくださる
わたしの胸の悲しみを。
すべてのよろこびを
ひとり離れ
大空の
かなたを見やる。
ああ　わたしを愛し　わかってくださる方《かた》は
はるかな遠くにおいでなのです。
目くるめき　胸は
苦しみもだえます。
あこがれを知る人だけが　わかってくださる
わたしの胸の悲しみを。

語らずに

語らずに　黙っておいでと言ってくださいわたしの秘密はわたしの義務でございますから
心のうちをすっかりお話ししたいのですが
それは許されぬ　この身の運命《さだめ》でございます

時さえくれば日のあゆみは
闇をはらって輝くものときまっております
堅固な岩もいつかは胸ひらき
深くひめた清水を世の人々にめぐみましょう

だれしも友の腕に抱かれて憩《いこ》いとうございます
思うさま泣いて訴えれば心もかろくなりましょう
でも　誓いを立てたわたくしは口をとざすばかりです
ひらいてくださるのは神さまだけでございます

竪琴弾《たてごとひ》きのうた

涙ながらにパンを食し
苦悩の夜々を
床《とこ》に泣き明かしたことのない人は
おんみら天の力を　知りはしない

おんみらは　この人生にわれらをひきいれ
あわれな者に罪をおかさせ
苦悩の責め苦にゆだねてやまぬ
地上の罪には報いを逃《のが》れるすべはないゆえに

＊不幸な恋の罪を犯し、その苦しみに打ちひしがれてさすらう竪琴弾き、実はミニヨンの父。どちらもゲーテの創作人物。

おなじく

戸ごとにわたしはそっと歩みより
しずかにひとりたたずもう
慈悲ぶかい手が食べものを恵んでくれ
わたしはさらに歩み続けるだろう
わたしのすがたを目《ま》のあたり見れば
誰しも自分のしあわせを思い
ひとすじの涙をおとすだろう
しかしわたしは知らない　世の人の何を泣くかを

おなじく

寂しさのきわみに耐えるこの身は
やがて　ああ　まったくの孤独。
世の人はそれぞれに生きて愛して
この身の苦しみを知るものもない。

いや　わが身の苦悩に徹しよう
もし　ほんとうに
寂しさのきわみに立つことができたら
この身はもはや孤独ではない。

恋に身をやく男が足音をしのばせ
おとめはひとりかとうかがうように
さびしいこの身を昼も夜も
苦しみがたずねてくれる

かなしみがたずねてくれる。
ああ　いつの日か　おくつきにひとり眠るとき
苦しみは　はじめてこの身を
たった独りにしてくれる。

ミニヨン

このままの粧《よそお》いをおゆるしください
その日までは白い着物を脱がずにおらせてくださいまし。
この美しい世にわかれ
ゆるがぬあの家にわたしは急いで参ります。

そこでしばらくやすめば
さわやかに眼はひらきましょう。
そのときにはこのころもも
帯も花輪も脱ぎ去るでしょう。

わたしを迎える天使たちは
男女の区別を問うことはせず
浄《きよ》らなからだに
着物も布もございません。

わたしは苦労もいたさず生きてまいりました
でも悲しみはあまりに深く嘗《な》めてきました。
なやみのあまりこんなにはやく老《ふ》けてしまったわたくしを
どうかまた永遠の若さに生かしてくださいませ。

古典期の詩（一七八七――一八一三年）

凪《なぎ》

水をつつむ深いしずけさ。
音なく静もる大海原《うなばら》。
舟やる人は心うれい
鎮《しず》まる海を見まわす。
凪は死に
いきづまる不気味な静寂。
涯《はて》しらぬはるかの海に
波ひとつ立つあともなし。

詩神の寵児《ちょうじ》

野ゆき　山ゆき
歌うたいつつ
村から村へ
しらべを合わせ
はずみにつれて
ものみな踊る。

待ち遠しい
庭の初花《はつはな》
春の花
ぼくはうたう。
再びめぐる冬の日も
うたう　その夢。

ひろびろと
広がる氷の野にも
冬の華《はな》は咲く。
この華のとけゆくときは
丘の畑に芽ぐむ
新しいよろこび。

菩提樹のかげ
若人たちを
元気づかせるぼくの歌。
にぶい若衆もうかれ
かたい娘も踊り出す
ぼくのしらべに。

踵《かかと》に羽うけ
野ゆき　山ゆき
ふるさとと遠くゆくぼくが

やさしいミューズの女神たち
おんみらの胸に
憩える時はいつの日か。

＊ミューズの女神＝ギリシア・ローマ神話の詩神、芸術の神々。

失われた初恋

ああ　誰がとりもどしてくれるだろう　あの美しかった時
あの初恋の日々を。
ああ　誰がとりもどしてくれるだろう　あのやさしい頃の
せめてひとときを。

ただひとり傷をいやし
たえずなげきをくりかえしつつ
失われた幸を悲しむ。

ああ　誰がとりもどしてくれるだろう　あの美しい日々
あの初恋のやさしい時を。

追憶

葡萄《ぶどう》の花のまた咲くときは
古ぶどう酒が樽《たる》に鳴る
ばらの花のまた咲くときは
なぜかしら心かなしむ

なにしてみても　どうしたわけか
涙が両の頬を流れる
なぜか胸をやく
あつい想い

しずかに深くおもいかえせば
心にうかぶ
ちょうど花咲くこのころに
燃えてくれた女《ひと》のおもかげ

見つけた花

森のなかを
ひとりで行った
なにをさがそう
あてもなく

ものかげに
ちいさい花が咲いていた
星のように
かがやくひとみ

折ろうとすると
やさしい声で
「折られてしぼんで
　しまうのですか」

根ごとそっくり
掘りおこし
わがよき家の
庭にはこんで

しずかなところに
植えかえた
さて年ごとに枝のばし
いまなお花は咲きにおう

＊造花つくりのむすめクリスティアーネを、イタリアから帰ったゲーテはワイマルの家に入れ、のちに正式の結婚式を挙げて妻とした。

鼠《ねずみ》取り

わしは世にも知られた歌うたい
旅をかさねた鼠取り
古くきこえた御当地の
きっとお役に立ちまする。
いかほど鼠が多かろうとも
いたちがまざっていたとしたって
ぜんぶ残さずこの町からは
追っぱらって進ぜましょう。

機嫌上々のこの歌い手は
ときには子供さらいもいたしまする。
どんなきかない餓鬼《がき》であろうと
黄金のお話で　ひところり
どんなに手こずる坊主でも

どんなに強情な女の子でも
わしが弦をひとひきすりゃあ
みんなぞろぞろついてくる。

さてまた腕のたしかなこの歌い手は
折りにふれては娘もさらう。
どんな小さな町でも
かかった娘の数知れず
どんなにつめたい娘でも
つんとすました女房《かみ》さんたちも
魔法のたてごとに歌きけば
浮気心に気もそぞろ。

（はじめから繰りかえす）

＊「ハーメルンの笛吹き男」のもとの古い伝説をもとにして。

神と舞いひめ　印度伝説

世界の主マハデエ（バヤデレ）は
六たび下界に降《くだ》り
人間と同じ姿をとり
よろこび苦しみをともに嘗《な》め
地上の住いをよしとして
すべてのことを味わおうとした
罰するにせよ　ゆるすにもせよ
人間をありのままに見ようとした。
さて旅人のすがたして町をたずね
大いなる人々をさぐり　小人をも見
夕ぐれどき町を去って　先に行こうとしていた。

最後の家のならぶ
町はずれに出たとき

ふと頬に化粧した
あわれな　しかし美しい女を見かけた。
「こんにちは」――「あら　どうも
ちょっとお待ちになって　いまお迎えに出ます」
「お前は何ものか」――「舞いひめですわ
　ここは色を売る家なんですもの」
女は踊り　タンバリンを打ち
みごとな足さばきで輪をえがいて踊った
身をまげねじり　彼に花束をささげた。

あでやかに戸口をくぐり
室内に彼を招じ入れた。
「旅の方　すぐランプをつけて
部屋中明るくいたしましょう。
お疲れでしたらおさすりします
おみ足のいたみもとれましょう。
お望みならば、お休み、たのしみ、笑語《しょうご》、

「なんでもいたしましょう」

わざと見せかけのつかれに　せっせとつとめ
マハデエは微笑した。深い堕落《だらく》の底に人間の
真情を見てよろこんだのだ。

神はそれから奴隷のつとめを強《し》いた。
女はますますほがらかになり
はじめは技巧でしていたことが
やがては本性のままになる。
花がひらけば
やがて実が結ぶ。
心情に信従があれば
愛の真実は遠くはない。
高きをも低きをも知りたもう神は
女をますますするどく吟味《ぎんみ》しようと
悦楽　驚愕《きょうがく》　おそるべき苦痛をえらんだ。

そして神はそのあかい頬に口づけをした
そして女は愛の苦しみをおぼえた。
そして娘はすっかり呆然《ぼうぜん》と立ちつくし
はじめて涙を流し
神の足もとに泣きくずおれた。
肉の欲望はなく金銭欲もなかった。
ああ　しなやかな女の肢体は
こわばって動きもしない。
この臥床《ふしど》の悦びの祝祭に
夜の時間が美しいうすぎぬの
暗いヴェールをかける。

笑語重ねて夜ふけに眠り
みじかいねむりを朝早く起きてみると
女の胸にいだかれたまま
愛をかわした客は死んでいた。
わっと叫んで女は彼にとりすがりはしたが

目をさますすべはなかった。
やがてつめたいむくろを人びとは
やき場へはこんでいった。
僧侶の読経《どきょう》がきこえ　とむらいの歌がきこえた。
女はかけつけ　人の群れをかきわけあとを追った。
「誰だお前は。墓場へ何をしに行く」

柩《ひつぎ》のそばにうち伏す
女の叫びは大気を切った。
「良人《おっと》をかえして。
この墓穴でもよろしゅうございます。
この美しいからだを
灰にしてしまうとおっしゃるのですか。
たった一夜のみじかい契《ちぎ》りでも
このかたは　わたしのもの！」
僧侶の読経は続く「われらは送る　老人を、
長い衰滅《すいめつ》と年老いて冷えたからだを、

われらは送る　年若きものを　つかのまの命のはてに」。

「み仏の教えをきけよ
この死者はおまえの良人《おっと》ではなかった。
お前は舞いひめであり
一つ火に焼かれる義務はない。
身体には影のみ添うて
静寂の冥土《めいど》に入る。
妻だけが良人に従う
これは妻たる義務　妻のほこり。
音よ起これ　浄き挽歌《ばんか》に合わせ　ひびきよあがれ
神々よ　地上の日々をかざりし
若もののむくろを焔《ほのお》と化して　みもとに受けよ」。

合唱は続き、女のこころの
悲痛は仮借《かしゃく》なく増す。
とつぜん両腕をひろげ

女は紅蓮《ぐれん》の焔にとびこんだ。
そのとき　わかものの神の姿が
燃えさかる焔のなかに立ち上がり
その両の腕に　恋した女をいだき
高く舞いあがっていったのである。
不滅の神は罪を悔いし人をよみしたまい
ほろびた女たちの魂も
焔の腕につつんで天に連れてゆきたまうのだ。

Der Gott und die Bajadere

＊終わりの三行。これは印度仏教的ではなく、キリスト教的であると私（小塩）は思う。「悔い改めて罪を赦《ゆる》された魂は救われる」という宗教論理である。印度仏教の伝説を扱いながら、ゲーテはやはりヨーロッパ人なのであった。

小姓《こしょう》と水車小屋の娘

小姓
どこへゆく　これ　どこへ
粉屋のむすめご
そなたの名はなんという

娘
リーゼ

小姓
して　どこへ
熊手をさげて

娘
うちの畑へ

父の牧場《まきば》へ

小姓
たったひとりで

娘
熊手を使って
乾《ほ》し草いれに
梨《なし》の畑の
実もうれて
摘みまする

小姓
そこには小屋も

娘
牧場のはしに

小屋　二つ

小姓
わしも行こう
暑い日盛りに
そこに憩うて
のう　二人して

娘
人の噂《うわさ》になりまする

小姓
この腕に抱かれて休めや

娘
めっそうな
粉屋の娘に唇《くち》づけすれば

すぐ人目につきますする
立派な黒地のお服が
白うなって
見るもむざん
似合ったどうし
それがわたしの変わらぬ　掟《おきて》
粉屋の若衆がわたしに似合い
着物をよごす気がねがいりませぬ

追いかける鐘《かね》

むかしひとりの子どもがおりました
教会に行くのがきらいで
日曜になるとへりくつこねて
野原に遊びにいきました

お母さんが言いました
「ほら　おいでおいでと鐘が鳴ってる
鐘の言うことをきかないと
おまえをつれにやって来るって」

だけど　子どもは
「鐘は　だって
教会の塔にかかってらい」
そう考えて野原へまっしぐら

まるで学校の退《ひ》けたときみたい
見《み》ろ鐘なざ鳴っちゃあ　ない
母さん　嘘ついたんだ
ところが　たまげた　うしろから
鐘が　ゆらゆら追ってくる

ごろんがらんと　速いこと
子どもは　びっくり仰天
逃げたの走ったのって　夢の中のよう
鐘が頭にかぶさりそう

それでもあやうく身をかわし
一目散に走りぬけ
牧場や畑や　やぶを　ぬけ
かけこんだのは　教会堂

日曜　祭日　来るたびに
あの怖ろしさをおもい出し
鐘さえきけば　さっそく出かけて
お迎え受けは　しませんでした

晩年の詩（一八一四――一八三二年）

『西東詩集』より

至福な憧憬《しょうけい》

賢者のほかには　誰にも告げるな
大衆はただ　あざ笑うだけだから。
焔《ほのお》にやかれる死をこいねがう
生あるものを　わたしはほめ讃えたい。

おまえがつくられ　また　おまえがつくる
愛の夜の　さわやかさのなかで
ともしびのしずかに燃えるとき
ふとおまえを　不思議な思いがおそう。

もう闇路《やみじ》のかげに
とどまるおまえではない。
なお高い婚姻《こんいん》を得《え》んものと
おまえの心は　かりたてられる。

どのような遠さにもめげず
魅せられて　おまえは　はばたききたる。
そしてついには　光にこがれて
蝶よ　おまえは灼《や》かれて死ぬのだ。

そしてこの「死して成れよ」
これをしも会得《えとく》せぬかぎり
暗い地上で
おまえはかなしい過客《かかく》にすぎぬ。

Selige Sehnsucht

現象

雨の壁に
陽がまじわると
七色の影ゆたか
虹が立つ。

霧のなかにも
同じ輪形が見える
その虹は白くとも
天上の虹。

朗らかな老人よ
だから　悲しむことはない
髪はたとえ白くとも
おんみは恋をするだろう。

銀　杏

東の国からはるばると
わたしの庭にうつされたこの銀杏《いちょう》の葉には
心あるひとをよろこばす
ひそかな意味がかくれています。

もともとこれは一枚の葉が
二つに分かれたものでしょうか。
それとも二枚がむすぼれ合って
ひとつに見えるものなのでしょうか。

この問いに答えようとして
わたしはほんとうの意味がわかりました。
わたしの歌を読むたびにお感じになりませんか
わたしはひとり　でもあなたとふたりでいるのだと。

Gingo biloba

愛をかさね

愛をかさね　時を時にかさね
言葉をかさね　まなざしにまなざしかさね
まことをこめた口づけかさね
息をかさね　幸に幸をかさね
夜をかく過ごし　朝をかくむかえる。
それでもあなたは　わたしの歌に
なおひそやかな憂いを感じるでしょう。
ヨセフの魅力をわたしは借りたい
あなたの美しさにこたえるために。

＊ヨセフ。旧約聖書の中の人物。族長ヤコブの十一番目の、美貌の息子。後の二十世紀、トーマス・マンが『ヨセフとその兄弟』という大長篇小説を書いて、その美貌と有能さを描いた。

栗のいが

しげった梢《こずえ》を　恋人よ
見てごらん
緑のいがに包まれた
実を見てごらん

とうからまるくふくらんで
人知れず　そっとみのった
ゆれる小枝の
ゆりかごに

しだいに中から熟して
栗色のあたまがふくれる
風にふかれて

日差しに出たいと
いがははじけて
ころころころげ出る
わたしの歌もそのように
あなたの膝にこぼれておちる

＊六十歳代半ば過ぎ、旧友ヴィレマーの若妻マリアンネと相魅かれるが、友人の家庭を壊すことはなかった。ゲーテは彼女の詩をズライカの名で、ごく僅かに手を入れただけで自分の詩集『西東詩集』に加え入れた。

ズライカ（西風よ）

西風よ　おまえの湿った風の翼が
わたしにはうらやましい、
遠く離れてわたしは苦しんでいるのに
おまえはあのかたにたよりを持っていけるのですから。

おまえの翼のそよかぜは
胸にひそかなあこがれをうみ、
花も眼も　丘も森も
おまえのいぶきに涙する。

でも　おまえのやさしい微風《そよかぜ》は
泣きぬれたまぶたを冷やす、
ああ　もしかして再びお目にかかる望みがなければ
苦しみもだえて死ぬわが身。

いとしい方《かた》のおそばにいそぎ
そっと　お心にささやいてください。
でもあの方を悲しませてはいけませぬ
私の苦しみはふせておいて。

伝えてよ　そっと伝えて
あなたの愛こそわたしの生命　と。
おそばにいることが
ふたりの無上のよろこび　と。

Suleika

格言風に

無限なるものに歩《あゆ》み入ろうと思うならば
有限なるものを　あらゆる方角に行け。

――

全体をよろこぼうと思うなら
もっとも小さいものの中に全体を見なくてはならぬ。

――

「磁石の秘密を　教えてくれぬか」
愛と憎しみ　これ以上の秘密はない。

――

いちばん好んで身をかがめるのは　いつですか、
恋人のため春の花を摘もうとするとき。

――

もしも眼が太陽のようでなければ
眼は太陽を見ることはけっしてできぬだろう。
もしわれらのうちに神の力が宿っていなかったなら
どうして神的なものがわれらをよろこばせられるだろう。

――

父からぼくは体格と
まじめな人生の生き方を受けついだ。
母ちゃまからは快活な資質と
お話をつくって語るたのしみを。

むかしのおじいさんはどうやら美人がお好きだった、
それがぼくにもちょくちょくと出る。
祖先のおばあさまは金銀飾りがお好きでいらした、
それでぼくの血もちょいちょいうずく。

さて元素というものを化合物から
切りはなすわけにはいかぬとすれば、
人間ひとりの全体をみて
どこが独自の部分だなどと　言えようか。

Vom Vater hab' ich

——

わたしたちのどんな誠実な努力も
無意識の瞬間にだけ成功する。
ばらは太陽の美しさを知っていたら
どうして花咲くことができるだろう。

真夜中に

真夜中に　こわごわと
少年の日のわたしは行かされた　墓地の径《みち》を
牧師の館《いえ》へ　またわが家へと。なかぞらに輝く
星はみなあまりに美しかった。
　真夜中に。

それから人生の道　はるかに進み
恋する人のもとをたずねてゆくときは
月かげと極光とわたしの頭上にきそい
往き還る道に　胸いっぱい幸を吸った。
　真夜中に。

いま満月の玲瓏《れいろう》たる光
老《お》い路《じ》の闇にあかるくさしこみ

思いは深く　しかしかろやかに
来し方行く末　たのしくめぐる。
　真夜中に。

Um Mitternacht

昇りゆく満月に　一八二八年八月二十五日

もうおまえはわたしを見すてていくのか
ひとときはあんな近くにいたのに
雲がつつめば
姿は見えず。

でもわたしの心の悲しみを感じてくれるのか
雲間にのぞく光は星のよう
恋人がどんなに遠く離れていても
愛してくれるあかしのように。

さあ昇れ　あかるくあがれ
きよらの光　さやかに照らせ
わたしの胸もますます切なく
この夜の至福はたとえようもない。

朝まだき（ドルンブルクにて）　一八二八年九月

朝まだき　谷　山　庭が
霧のかげからほのみえて
待ちわびる眼に
花のつぼみのほころびるとき、

大空に雲わたり
東《しののめ》の光とたわむれ
東風《こち》吹いて雲を追い
青空のひろがるときに、

この眺めをたのしみながら
大いなるやさしい自然の胸に感謝をおくる。
やがて一日の歩みを終えて空を焼き
太陽は　はるかな地平を金色《こんじき》にそめるだろう。

塔守《とうもり》リュンコイスの歌——『ファウストⅡ』から——

見るために生まれ
観る職をあたえられ
塔守の番をひきうけていると、
世の中はおもしろい。
遠くを見れば
近くに見える、
月も星も
森も小鹿も。
こうしてわたしは万物に
永遠の飾りを見る。
そして世界がわたしの気に入るように
わたし自身も気に入った。
幸福な両の目よ、
おまえたちが見てきたものは

何はともあれ
やはりほんとうに美しかった。

Lynkeus der Türmer

『第二次スイス旅行の記録』から

訳者解説

ゲーテのイタリア紀行はよく知られている。彼自身がのちによく手を入れた芸術「作品」である。しかし彼のスイス旅行についてはは余り知られていない。

スイスへの旅としては数ヶ月に及ぶ長目のものを三回、さらに通過だけの旅を一回している。その第一回目は、ゲーテが二十六歳（一七七五年）、フランクフルトから南下して、スイスとイタリアの国境ゴットハルト峠までを踏破、その時の詩の一つが23頁の『湖上にて』。目の前のイタリアには強く誘われても行かずに帰国。そのすぐあと、思いがけぬことに、招かれてワイマル公国の人となり、一生をワイマルで過ごした。

二回目のスイス旅行は三十歳（一七七九年）秋から翌年一月にかけて、ワイマル公国の若い君公カール・アウグストと語らって、秋から冬にかけてスイスをぐるりとまわる長い旅を、実質的には二人で敢行した。ここに訳出したのは、晩秋十一月にローヌ河沿いに東に進み、その源泉に至り、グレッチュ（ローヌ）大氷河を経てフルカ峠を越え、さらに思い出深いゴットハルト峠まで登った記録の部分である。ヨーロッパにアルピニズムが起っていなかった時代だから、衣服、靴、杖を始め装備一般、道路事情、連絡網や手段等々、無防備極まりない旅だった。ワイマルにいるシュタイン夫人宛てに毎日書き続けた書簡の形をとった記録そのままであって、ずっと後にシラーの求めに応えてシラーの編集する『ホーレン』誌に掲載したものであるが、とても『イタリア紀行』ほどには手を入れておらず、ほとんど書簡の原文そのままなのが、却っていきいきした魅力である。

初冬のフルカ峠越えは、当時としてはほとんど無謀な旅と言ってもいいものだった。スイス旅行については伝えただろうが、雪のフルカ峠越えについては余人には知らせず、むろんワイマルに予告もせずに敢行したが、もしも何かの事故があったりしたなら、「ワイマルのゲーテ」はその後、世に存在しなかったであろうし、君公カール・アウグストとゲーテの間の篤《あつ》い（友情とも言える）信頼関係もありえなかっただろう。この旅は常人には想像もつかぬものだった。若い君主と、少し年上の信頼する友人のような臣下との晩秋、初冬の高山旅行は、もしあらかじめ公表されていたら、猛反対に遭っただろう。同時代の日本に置き換えてみると、幕藩体制下の小なりとはいえ、れっきとした一国の若い藩主と同じく若い家臣と二名、四ヶ月も国を離れての雪中登山など、世間の同意や幕府の許可がおりるわけはない。自由の空気がそこにはあった。まことにすがすがしい。

第三次スイス旅行は、ゲーテがワイマルで功なり名遂げた円熟期、四十八歳のとき（一七九七年）に、再びゴットハルト峠に旅した悠々たる記録である。スイス南部のゴットハルト峠は、よほどゲーテを魅きつけた峠であったらしい。

さて、今記した第二次スイス旅行巻末近くの、ローヌ河上流沿いを源流に至り、そこを越えてフルカ峠経由でゴットハルト峠へと向かった部分の記録は、健康そのもののゲーテ三十歳、大自然に対する観察と思考が豊かなばかりでなく、行きずりの人の談話もよく聴きとり正確に（と思うしかない）文字に刻み残しているその聴取力・記憶力・記述能力のたくましさがよくうかがわれ、勝手気儘な旅人ではなかったゲーテの本質がよくあらわれている。（思いおこせば私［小塩］も若い日に、レマン湖畔ジュネーヴからローヌ河を北岸沿いにさかのぼって源流の大氷河をたしかめたことがあった。河床にごろごろした大きな岩がいくつも無数に転がり、清冽な水がそれらの岩を噛《か》んでしぶきをあげていた。あのヴァレイ州の大きな谷とそれを挟む山々は、後代の詩人Ｒ・Ｍ・リルケが死に至るまで深く愛したところでもあった）。

ゲーテとカール・アウグストは、ただ若くて異国への旅をたのしんだだけではない。カール・アウグストは途中ベルンで、ワイマル公国の鉱山開発資金のための多額借入交渉をやり遂げたし、また二人は、帰途シュワーベンのシュトゥットガルトで、旅の途中に招かれて軍医学校卒業式の優秀者表彰式に臨席し、はからずも（それとは知らず）若いシラーに会ったりもしている。ただ遊んで歩いたのではない。

――荒涼たる雪中の峠越えのため、腰まで雪に埋まりながら前進していると、一羽のハゲ鷹がこちらへと高速で飛んできた。そんなたった一行が、いきいきとしている。こういった、つくりものではないゲーテの自然な文章をたのしんでいただこう。

ゲーテ　フルカ峠を越えて。

『第二次スイス旅行の記録』から

行程　一七七九年九月十二日ワイマル発。スイス北部を駆けまわったあと、十月二十七日ジュネーヴ着。十一月二日同地を出発して欧州最高峰モン・ブラン山麓をめざす。多くの氷河を歩き、三日―六日シャモニ、そして七日マルティーニ着。ここからローヌ河沿いの日々となる。十一月十二日フルカ峠を越える。十一月十三日無事ゴットハルト峠に至り一泊。

十一月十六日ルツェルン、十八日チューリヒ。一七八〇年一月十日ワイマル帰着。

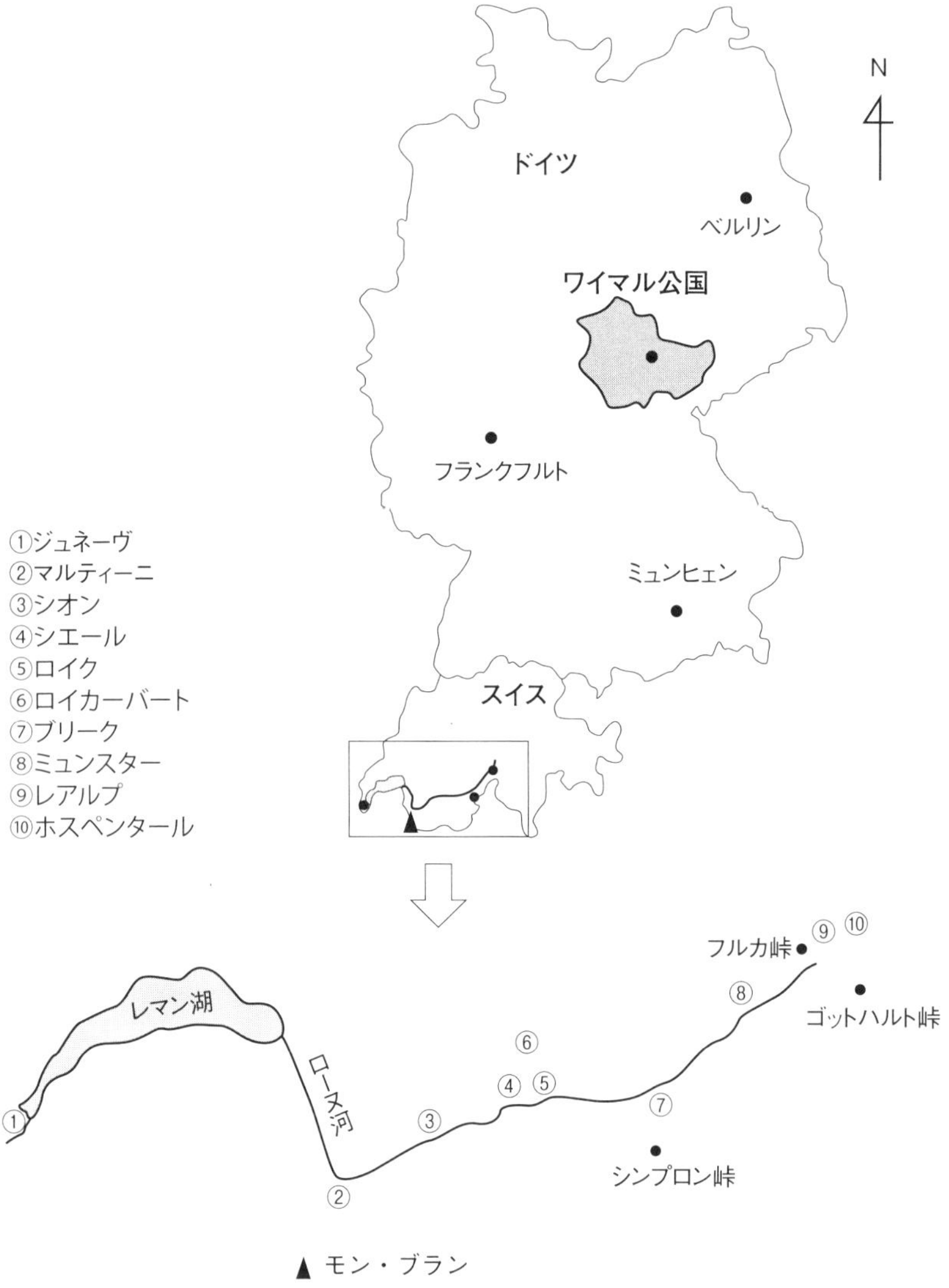
N
ドイツ
ベルリン
ワイマル公国
フランクフルト
ミュンヒェン
スイス
①ジュネーヴ
②マルティーニ
③シオン
④シエール
⑤ロイク
⑥ロイカーバート
⑦ブリーク
⑧ミュンスター
⑨レアルプ
⑩ホスペンタール
レマン湖
ローヌ河
フルカ峠
ゴットハルト峠
シンプロン峠
▲ モン・ブラン

一七七九年十一月八日、シオン

私たちは夜明け前に騎馬でマルティーニを発《た》ち、早目にシオンに着こうと思っていた。すばらしい日和《ひより》だったが、太陽は高度が低く、山々に遮《さえ》ぎられて、私たちの行く道を照らしてはくれなかった。実に美しいヴァレイ（ヴァリス）州の谷を眺めていると、さまざまな明るい思いが浮かんでくる。

ローヌ河を左手にして三時間も街道を行くと、行く手にシオンが見え、間もなく昼食だとよろこんでいると、渡るべき橋が取り壊されているではないか。工事関係者の言うところでは、［南岸の］崖沿いの狭い歩道を行くか、あるいは一時間ほど戻って、二、三の別の橋を渡るしかないという。私たちは後者を選び、気分を害されることなどなく、むしろこの事故を良き霊の導きと考えた。最良の時刻にこのように興味深い地方を馬で見てまわれるからだ。それにしてもローヌ河はこの狭い土地では厄介な代物で、別の橋のところへ辿《たど》りつくのに一時間半以上も砂地を渡って行かなければならなかった。こういった区間は度重なる洪水のため幾度も流れが乱変化させられるので、ハンノキやヤナギの小茂みしか育たない。やっと着いた二、三の橋は貧弱で、長くてゆらゆら揺れ、長さの違う丸太を組み合わせたものである。私たちは馬を一頭ずつこわごわ牽《ひ》いて渡らなくてはならなかった。

さて今度はヴァレイの北側をシオンに向けて進むことになった。道はほとんど石ころだらけ。だが一歩ごとに見えてくる景色は、一幅《いっぷく》の絵に値するものだった。途中の小高い丘の上にのぼった古城からの眺めは、この全行程で見た最高に美しいものに数えられる。近くの山々は両岸とも大地に突き刺さるように立ち並んで、この地方をその姿でいわば遠近法的に若々しく見せていた。ひろがる限りのヴァレイの山々は私たちの足下にひろらかに横たわっており、ローヌ河はさまざまな湾曲と灌木の茂みを伴って、村や草地や耕作された丘のかたえを流れ過ぎている。遠くにシオンの城と、その背後に隆起するさまざまな丘陵が見える。その最後列のあたりは円形劇場のアーチのようにひとつらなりの雪山で閉じられていた。これらの山脈は他の山々同様、真昼の太陽に輝き照らされていた。馬で行く道は石ころだらけで不愉快だったが、道を覆う、まだかなり緑色のぶどうの葉はここちよかった。住民たちは、どんなに僅かな土地でも貴重で、自分たち所有の土地を道路から区分する塀《へい》のところからすぐにぶどうを植えている。それらぶどうの木は実によく茂って、杭と支柱を伝わって道路上を蔽うまでに繁茂しているので、ほとんど路上を蔽う木陰のトンネルを作っている。

山々の下の方はだいたい牧草地だった。シオンが近づくにつれて穀物畑も少し見られた。この町に近い周辺地帯はさまざまな形の丘が多様になり、ゆっくり滞在して楽しみたいと思わずにはいられなかった。しかし、醜い町々と住民のため、風景がつくり出す快い印象が損われてしまった。見るも不快な人相を見ると気分が悪くなった。私たちの馬にこれ以上の無理はさせられないので、シエールまでは徒歩で行くことにする。ここシオンの宿屋は最低。町の外観は黒ずんで不愉快である。

同日夜、シエール

夕闇せまる頃に、シオンを発ったので、私たちは明るい星空のもとの夜に当地に着いた。それでいくつかの美しい眺望を見のがしたことに気がついたのだった。とくに私たちが望んでいたのはシオン近郊トゥールビヨン城に登ることだった。あそこからは実にすばらしい眺めが得られたに違いない。やといの男が、洪水のあった何個所かを無事に切り抜けさせてくれた。やがて私たちは高台に至り、ローヌ河はいつも右手の眼下にあった。道中私たちは天文学上のさまざまな話をしながら気をまぎらわしたが、今夜これからの宿の人は私たちに最善のサービスを尽くしてくれるだろう。思えば経験豊かな一日はたくさんのことどものため、ほとんど一週間もあったような気がする。時とともにとても残念に思えてくるのは、本当に不思議なこの地方のほんのスケッチだけでも画筆に留めなかったことで、その時間も腕もないことだ。ここに居合わせぬ人々には、それらがすべての記述にまさることなのに。

十一月九日、シエール

出発を前にして、なお朝の挨拶をお送りしよう。私は公爵とご一緒にヴァレイ左手の山中にある［山の温泉］ロイカーバートに行く。同行の友人［高山病になった侍従ヴェーデル伯］はここに留まり、馬を待たせておいて、明日ロイクで私たちと再会することとした。

同日（十一月九日）、ロイカーバート

今、私たちは小さな板張りの家で、たいへん実直な人々に親切に迎えられ、天井の低い部屋に座っているところだ。今日の興味深い旅についてどこまでお伝えできるか、やってみよう。

シエールから私たち（カール・アウグストとゲーテの二人。ヴェーデル伯はシエール残留）は、今朝早く三時間かけて山ひとつ登ってきた。登り切る前の途中、渓流のひき起した大災害のあとに出合った。このような突発的激流は、何時間にもわたってあらゆるものを押し流し、畑地、牧草地、果樹園に過剰な岩と礫石《れきせき》をばらまく。仕方がないのでこれらはできる限りもと通りにされるけれども、二、三世代もすると恐らくまた土砂で埋まってしまう。

一日中曇り。陽はあまり射《さ》さなかった。とうてい書ききれぬのは、ヴァレイはここでもどんなにか多様になるかということだ。風景は一瞬ごとに変る。すべては近くにあるよう

に思えるが、実は大渓谷と山々によって隔てられている。これまで私たちはヴァレイの広く開けた谷を、ほとんど右手に見てきた。ところが山々への美しい展望が目の前にひらけてきたのだ。ありありと目に浮かぶように述べるために、今いる地方の地理的位置について少しくお伝えしなくてはならぬ。

私たちはすでにもう三時間も、ヴァレイ州をベルン州から分かつ巨大な山脈の上へと登ってきた。これは巨《おお》きな山塊の連山に他ならないのであり、ひとつらなりにレマン湖からゴットハルト峠まで走っている山塊で、その［北側の］ベルン側には氷と雪の山々が連なっている。ここで上とか下とか言うのは、現時点における相対的な表現である。私の下の平地に村があるといっても、その平地は谷底にあるのかもしれず、またこの谷底は私の平地に対する比率より遥かに高いかもしれない。

とある曲り角の聖人像のところをまわってひといきついたとき、巨大な岩壁の谷と平行して下の方に、緑の草地のはずれにインデン村が見えた。白い教会が、風景の真ん中の、岩山の斜面に立っている。谷の向う側ではさらに牧草地とモミの森が風景の真ん中の山の斜面につらなり、村のすぐ後方では巨大な岩の断崖が上へと伸びている。左側の山々もその背を見せて伸びていく。こうして、この小さな村はその白い教会をもってして、ここに合流するかくも多くの岩壁と断崖の焦点をなしているようだ。インデン村への道はけわしい岩塊の中に掘りこまれており、この円形劇場を通路から見て左側に取り囲んでいる。それは危険な道ではないが、それでもやはりこわそうに見える。道は断崖の足場を越えてくだり、右側は僅かなプレートで深淵から隔てられている。ロバをひいて私たちと行をともにしていた背負い籠《かご》の男は、危険なところに近づくと、ロバの尻尾を握ってひっぱりとどめようとする。ロバが急坂をおりて岩場に入っていきそうなとき、とくにそうしていた。

やっとインデン村に到着した。背負い籠のガイド役がここではよく知られているおかげで、私たちは親切な女性から満々たるワイン一杯とパンをたやすく貰うことができた。この地方には宿屋などはないのだ。インデンのうしろから、高い渓谷の上り道が始まった。やがて見えてきたのは、噂にきく恐ろしいゲンミ山塊である。その麓にあるロイカーバートは、雪に蔽われた険しい山脈の合い間に、いわば手のひらの中にチョンとのっているようであった。到着は三時頃。ガイド役の男がやがて宿を見つけてきた。それは旅館といえるものではないが、当地の住民はみな、湯治客のためにそれなりの備えをしているのだ。宿の主婦《おかみ》は昨日からお産が近くて、亭主が年老いた母親と女中と力を合わせ、家の面目をたてるべく働いている。

私たちは食事を注文し、温泉を見せてもらった。いくつもの所から湯が湧き出しており、清潔な枠で囲まれている。ここの温泉は硫黄《いおう》の匂いが全くしない、そして土中を湧きのぼってくる途中で赤土やその他の鉱物質や土砂の匂いがほんの少しもつかず、他の真水のように何の混じり気の跡もとどめていない、という。噴泉は土中から出てくるとき、非常に熱く、その効能は世に知られている。

それからなお私たちは、すぐ近くに見えるゲンミ山塊の麓まで散歩する時間があると思った。ここで付け加えて申すべきは、いままでも幾度もあったのだが、山々にとり囲まれているとすべての対象がすぐ近くにあるように思われることがある。私たちは一時間たっぷり、崩壊岩石やそれらの合い間に押し流されてきた礫石の上を踏んで登っていかなくてはならなかった。やっとゲンミ山塊の麓につくと、けわしい岩壁を道が上へと通じている。これがベルン州への山越えの道で、およそすべての病人はそっと籠にのせて運び下ろさなくてはならない。時が時で、この時急ぎの予定がなければ、私たちは翌日この注目すべき山に登ることにしただろう。しかし今回は、そう思っただけで満足しなくてはならない。

帰る道で私たちは、この季節らしく非常に面白い雲の湧き上る様子を見た。好天に恵まれて、私たちはもう時候は十一月だということをすっかり忘れてきてしまっていた。ベルン地方で前もって言われていたのだが、当地は好天続きで、秋がなかなか快適だった。ところが、夕刻と雪が近いことを告げる雲が、私たちに、季節がもうずっと進んでいると思い出させた。この夕刻、雲をまとわして吹いた風はとても快適だった。ゲンミ山塊の麓から戻る折、インデンの谷から軽い霧雲が非常な速さで立ちのぼってくるのが見えた。霧雲群は前になり後になりし、やがて上昇してロイカーバートに近づくのが見える。私たちはそこで歩行速度を倍にし、暗い夜がおりてくる際に雲の中に巻きこまれぬようにしなくてはならぬと考えた。そして実際に無事に宿に着いた。こう書いている間に、雲は本当にとび散って本格的な雪になった。私たちにとってこれが初雪である。昨日のマルティーニからシオンまでの温暖な旅や、まだ相当に茂っていたぶどう棚を思い出すと、たいした気候の変化であった。

戸口に立って私はしばらく雪の様子を眺めた。それは筆舌に尽くせぬ美しさだった。本当はまだ夜になっていなかった。でも雲は空を行き来して覆い、視界を暗くする。雲は岩山の深い谷から立ちのぼり、ついには最も高い山の頂きにいたる。雲は山々の頂きに引き寄せられて密度を増し、寒気につかまり、雪の形になって降ってくるように見える。ここ上空のこのように大きな高地にありながら、それでいてなお泉の水中にいるように思われるのは、言いようもない寂寥感である。ここから一歩前に進み出しさえすれば、深淵を抜ける小径があるような気もする。雲はここで行き止まりにぶつかり、巨きな岩塊を蔽いかくし、見通せぬ夕闇の中にのみこんでしまったり、諸部分を再び妖怪のように立ち現わせて、この現象に悲しげな生気を与える。自然のこういった作用を目で見ると、私たちは深い予感にとらわれる。

雲というものは、私たち人間にとって小さい時期から注目すべき大気現象なのだが、人が平地にいるとき、雲は単に異質なもの、地を超えたものとされるのがふつうである。雲はいわば客人であり、別の空の下で生まれ、方々のあたりから一時的に飛んでくる渡り鳥であり、神々がおのが壮麗さを私たちの眼の前から閉ざしてしまうカーペットである。しかしここにあって私たちは、生み出されたばかりの雲そのものに包まれ、自然の永遠の内的力が、予感にみちて全神経に触れてくるのを感ずる。

　私たち一般のもので、このような作用をひき起す霧について注意をうながされる人はいたって少ない。霧は私たちの眼には密であり過ぎて見えないため、その様子を観察しにくい。これらすべてについて思わずにいられないのは、しばらく長く滞在すること、つまりこのようなところに数日過ごせたらいいのにということだ。そればかりか、こういった願望は次のことを思うと、より強く高まる。どんな季節、時刻、天候も、思いがけぬ新しい現象を生じさせるに違いない。どんな人でも、教育のない人にも不思議な痕跡が残っていて、新奇な大事件に偶然居合わせると、その現象によって自分がいわば偉くなったような気になり、倦《う》まずにそのことについてくり返し語り、全生涯にわたる宝物をこうして得たというふうに思うものだ。このように壮大な自然の現象を見、それになじんだ人も同様である。こういった印象を大事にし、それらを自己の内面に生ずる思想や感情と結びつけることを心得ていれば、その人はきっと精神的薬味の蓄えを入手し、それによって生活の味気ない部分を良くし、自然が全存在に一貫した良趣味を与えることができるだろう。

　ふと気がつくと、私はこの書簡の中で、人間にはほとんど触れていない。人々は、自然のこれらの大きな対象の中で、とくに通りすがりではあまり目立たない。疑いもなく、もっと長く滞在すれば、面白い人にも会えるだろう。ひとつ、どこでも認められると思うことがある。人が街道や人間の比較的大きな仕事とは離れた生活をせざるをえなくなっていればいるほど、そう、山々の中に閉じこめられ、人の世から隔てられ、最低の必要に甘んじざるをえなくなればなるほど、そしてまた素朴でおだやかな不変の生業《なりわい》から日用の糧を得ていればいるほど、それだけこういった人々はずっと親切で、エゴイズムがなく、貧しくても客をこころよくもてなすということを、私は知った。

《カール・アウグスト公の日記から》

「ゲーテはヴァレイやシャモニその他の広い渓谷の成り立ちについて、面白い考えをしている。すなわち彼の考えによれば、これらはもとは狭い谷間だったが、驚くほど長い時間をかけて次第に水に沈んだ。そして水位は山々の間に高く上昇して、山々の間を離れさせる効果を生み、谷幅が広くなっていった。多くの岩山、とくに当地の山々にはっきり見てとれるのは、それらのうちいくつかの山々にはいい土壌が堆積したが、いくつかの山々は禿山《はげやま》となっている、と」。

一七七九年十一月十日 暁闇《ぎょうあん》、ロイカーバート

灯をともして旅立ちの用意をし、階下におりていこうとしている。昨夜、私はかなり落

ち着かぬ一夜を過ごした。床に就くやいなや、蕁麻疹《じんましん》にかかったのかと思った。でもやがて気がついた、跳びはねる虫の大群（蚤《ノミ》）が新来客の血を求めて襲いかかってきたのだ。こういった虫は木造家屋に大量に発生する。一夜ははなはだ長く思われた。朝の明かりを持ってきてくれたときは、ほっとした。

一七七九年十一月十日、ブリーク

今朝、私たちは夜明けとともにロイカーバートを発ち、新雪の中、ツルツルに滑り易い道を牧草地を越えて歩くことになった。間もなくインデン村に着くと、昨日おりてきた険しい道を右手上方に見やりつつ、今度は牧草地を越えて左手に見える谷の方へとおりる。この谷は荒涼としていて木々が密集している。でもなんとか通れる道が下へと通っている。昨日私たちがおりてきた高い岩山の壁面に、上水道がみごと人工的に掘りこまれているのが見えた。こうして先ず水は小川となって当地に導かれ、次いで小トンネルを経て山の中から隣村に導かれていっている。私たちがそこまでまた丘を越えてのぼっていくと、広々としたヴァレイの渓谷と汚らしいロイクの町が足下に広がっているのが見えた。こういった小さな町々が、たいていは山々にへばりついている。屋根は荒削りなスレート板で葺《ふ》かれ、四季（の雨風）に打たれてまっ黒に苔むしている。一歩でも町の中に入れば、吐き気がする。どこもかしこも不潔だからだ。よく言われる「（神聖ローマ帝国からの）自立特権を与えられた自由な民」の窮乏と不安定なありわいが、至るところに現われている。

待ち合わせた友人（ヴェーデル伯）はいやな情報を持ってきた。これから先、馬で行くのは非常に困難になりまさるという。馬小舎の造りが段々狭くなるのだが、それはロバと駄馬のために造られているからである。カラス麦も少なくなるばかりか、山岳地帯に入るとそれももう全くないという。そこで、しばらくしてこう決めた。この友人は馬とともに再びヴァレイをくだり、ローザンヌ、フリブール（スイス名のフライブルク）、ベルンを経てルツェルンに行ってもらう。公爵と［従僕と］私とは私たちのヴァレイ遡行《そこう》の行程を続行し、いずれかの経路でゴットハルト峠登りを敢行するつもりであって、そのあと、ウリ州を通り抜け、フィアヴァルトシュテッター湖を渡り、同様にルツェルンに至るつもりである。この地方ではどこでもロバをやとえるし、こういった山道では常にロバの方が馬よりよく、つまるところ私たちは歩いて行く方がスムーズなのだ。で、荷物を二つに分けた。友人は出発、私たちも自分たちの旅行かばんを賃借りしたロバの背に乗せた。かくして私たちは出発し、ブリークへの道を徒歩で行こうと思う。天気は荒れ模様になりそうである。だが、私たちにこれまでついてきてくれ、私たちをこれほど遠くまで魅了してきてくれた幸運《ツキ》は、最重要というときに私たちを見捨てることはないだろう。

私たちは南独シュワーベン出の肉屋の下働きと道連れになった。彼は放浪の末ここに流れつき、ロイクで奉公先を見つけ、一種の道化役をやっているという。彼の主人のロバに当方の旅行かばんを積んで、私たちは十一時頃ロイクを発った。

　私たちの背後はヴァレイ渓谷がすっかり厚い雪雲に覆われていた。山沿いに這《は》い上ってきた雲である。気持の滅入るような眺めだった。たとえ［旧約聖書時代のエジプト］ゴシェン地方のように行く手が明るく晴れ渡っていても、内心私がおそれたのは、この雲が追いついてきて、もしかしたら私たちがヴァレイの谷底で南北両側から山に閉じこめられ、雲にすっかり覆われつくし、一夜にして雪に降りこめられるのではないかということである。心配はこのようではあるが、それに耳を傾けるのは片方の耳だけ。他方、はるかに信頼に満ちて語るのは覇気《はき》であって、私自身の不信仰を非難し、過去の事どもを引き合いに出し、現在の気象現象に注意を促すのだった。私たちはいつも好天に向かって進んできた。ローヌ河上流はどこでもいい天候だった。私たちの後ろから西風がどれほど雲をかり立てても、それが私たちの上に達するはずはない。

　その原因は次のごとくである。すなわちすでに縷々《るる》述べてきたように、ヴァレイの谷には隣接した山脈の非常に多くの谷が集中しており、数多くの谷川が［ローヌの］大きな流れに注ぎこんでくる。つまり、これらすべての谷の水がローヌ河に合流する。どの合流河口からも、通り風のようなものが吹き起るが、これはもともと奥地の方のいろんな谷や湾曲部で生み出されたものである。そこで、雲の主な流れが谷に沿ってかかる渓谷の一つに到達すると、あの通り風が雲を通り抜けさせず、むしろこういった雲とにない手の雲が戦い、抑止し、何時間もその道をさえぎるだろう。こういったバトルを私たちは何度も目にした。雲に覆われてしまったと思うことがあっても、そういった雲はどうしてもこういった妨害に遭《あ》い、私たちが一時間近く歩いている間にはその場を動くことが出来ないでいた。

夕方の空は実によく晴れていた。私たちがブリークに近づいたとき、あの雲は私たちとほとんど同時にやってきた。ところが、太陽が沈んで、折しもみごとな東風が逆方向から吹きつけてくるので、［南からの］雲は立ちとどまらざるをえず、山から山へと大きな半月形の弧を谷の上に架けざるをえなくなったのであった。それは冷たい空気によって固められ、その輪郭が青空に際立つところが、美しい軽やかな輪郭をつくった。雲に雪が含まれているのがわかる。しかし、今夜はさして降るまいということを、さわやかな大気が私たちに約束してくれるのだった。

私たちが泊っているのは、実に気持のいい宿屋で、私たちがとくに大満足しているのは、広い部屋の壁に暖炉のあったことだ。私たちは火のもとに座り、これからの旅について提案をし合った。

ここブリークから、ふつうの道はシンプロン峠を越えてイタリアに通じている。フルカ峠を越えてゴットハルト峠に向かおうという私たちの計画をとどめようというのであれば、馬とロバをやとい、ドモドッツラ、メルゴッツォ経由、マッジョーレ湖を北上、ベリンツォーナからさらにゴットハルト、つまりアイロロを経てカプティーン派修道士たちのところに行くという道を辿らねばならぬ。このルートは冬の間もずっと通行可能で、馬で悠々と越えられる。しかしこれは、私たちの目標にとって魅力的ではない。そんな計画はもともとなかったし、友人（ヴェーデル）よりルツェルンに五日遅れて着くことになる。私たちの願うところはむしろ、ヴァレイをその最奥の端まで見届けることであって、それなら明日の夕方そこに着くのだ。運が良ければ、私たちは明後日のこの時刻にはウルゼルン谷のレアルプにいる。あの谷はゴットハルト峠の最高峰近くにある。万一フルカ峠は越えられぬとしても、この道は私たちにまったく閉ざされたままではない。そうなると、あえて選んではやりたくないことをやむなく選ばなければならないわけである。お察しのことと思うが、私はここでももう土地の人々に、フルカ峠は通れると思うかどうか尋ねている。なぜなら、寝ても覚めてもこれこそ私が一日中思い続けていることだからである。

今までの歩みは、敵に向けての行軍にたとえることができる。しかし今や、塹壕《ざんごう》にたてこもる敵と格闘すべき地点に達したのだ。私たちは明日朝のため私たちのロバの他に、馬二頭を頼んだ。

十一月十一日、ミュンスター

気持の良い一日を無事に過ごすことができた。朝、ブリークを気持のいい時刻に馬で出発したとき、宿の主人がなお一言、私たちにこう言った。お山の、と、そうここの人たちは言うのだが、ご機嫌が悪かったら、どうぞこちらへ戻っていらして、別の途《みち》をお探しなさいまし、と。私たちは二頭の馬ともう一頭のロバを仕立てて、さて、やがて気持のいい草地を越えて進んだ。そこは谷が狭まってきていて、小銃二、三発ほどの幅しかない。そこには美しい牧場があり、何本もの大きな木が立ち並び、近くの山々から崩れ落ちてきた岩石が散らばっている。やがて谷脇の山を登って行かざるをえなくなり、ローヌ河が右手の急な谷底を流れているようになる。しかし登って行くと再びひらけた土地がとても美しく広がっている。さまざまなアーチ型の丘の上には肥沃で美しい牧場があり、点在する小集落には、焦茶色の木造の家が不思議な形で点在している。

私たちは代わるがわる徒歩で楽しく進んだ。というのは、馬の背に乗っているのは安全とはいえ、旅仲間の相手がこんなにも狭い道を、こんなにも弱々しい動物の背に乗って断崖の狭いかたわら沿いに行くのを見ると、やはりこれは危ないと思えるのだ。さてこうして家畜はみな牧場に出てはおらず、人は皆家の中にひきこもっているとなると、こういった地帯は非常に寂しく見える。そして恐るべき山々に益々狭く閉じこめられていくのだと思うと、想いはますます灰色の不快感にかられ、鞍《くら》にしっかりつかまっていないと振り落とされかねない。人《ひと》はけっして完全には自己を支配してはいない。未来を知らぬのだから、次の瞬間も見えない。しばしば人間は、何か常ならぬことを企てるとき、必然的に起ってくるいろいろな感情や予感や夢幻的な想いと戦わなくてはならぬ。後になればすぐに笑うこともできるが、決断のその時には極めて苦渋にみちていることがあるものだ。

昼食を摂《と》る家で、私たちは気持のいいことに出会った。私たちはある婦人の家に立ち寄ったのだが、その家は実に小ざっぱりしていて気持がよかった。婦人の小部屋の壁はこの地方らしい様式の板張りがしてあり、家具は木彫りで飾られ、戸棚や机などや、壁と隅々に設けた書架や棚といった家具類には巧みなろくろ細工や彫刻が施してある。部屋の中に架かっている肖像画から間もなくわかったのだが、この家の家系からは何人も聖職に献身した人が出ている。ドアの上にきれいに装丁した蔵書があるのに気付いたが、これらの聖職者の誰かがプレゼントしたに違いないと思われた。私たちは昼食の用意がなされている間に、聖人伝を取りおろして読んだ。女主人はふと部屋に入ってくると、聖アレクシスの物語もお読みになったことがありますか、と尋ねる。いや、ありませんね、と答え、別に気にもとめず、それぞれの読み物を続けた。

私たちが食卓につくと、彼女はそばに座り、聖アレクシスについて語り始めた。その聖人は彼女の守護神か、あるいは家族の守護神なのかと尋ねると、そうではなくて、はっきり断言していわく、この聖人は神への愛から非常に多くの苦難を耐え忍んだので、他の多くの聖人伝よりもはるかに心を打つのだと言う。私たちが何も知らぬとわかると、彼女は語りに語り始めた。


……………………（中略）……………………

語り手の婦人は目から涙を拭いながら、改めて、これ以上心を打つ物語は聞いたことがありません、と断言した。私までもたまらず泣きたくなり、涙をおさえるのに苦労した。その食事のあとで、私はコッヘム神父編の聖人伝なる本を探し出して、それでよく判ったのだが、この良き婦人は純粋な人間的な道筋を完全に把握していて、著作者（コッヘム）の無趣味な教訓利用をすっかり忘れていたのだ。

（**ミュンスター泊り。日記。**午後、東の風、強烈な寒さ。フルカの希望あり。）

私たちは繰り返し窓辺に行き、天候の具合を確かめた。私たちはこうして今、風と雲を拝む立場に置かれたのだから。早く夜になり、あたりがすっかり静かになることは、執筆のはかがいく大事な条件であって、もしもほんの数ヶ月でもこういう所に滞在できかつ滞在しなくてはならなかったら、そうしたら私の書きかけのドラマは次々と完結すると確信する（『ファウスト』『プロメテウス』『マホメット』『シーザー』『ソクラテス』『エグモント』『ハンス・ヴルストの結婚』）。

書簡の続き

私たちはもう何人ものさまざまな人をつかまえて、フルカ峠越えについて尋ねてきたのだが、当地でも何ら確かなことは得られないでいる。お山は二時間しか離れていないというのに。そこで私たちは心を安らかにしずめ、夜が明けたらみずから見極め、運命のはからいにまかせなければならぬ。このように覚悟はしっかり出来ているのだが、白状すると、もし私たちが追い返されたりしたら、この上なく腹立たしいだろうと思う。うまくいけば私たちは明日の夕方にはレアルプ村に着いていて、ゴットハルト峠への途上にあり、あさっての昼にはカプティーン派修道士たちのところにいる。まずければ私たちには退却路が二つしかない。どちらがいいかというものではない。ヴァレイをもとに戻り、既往の道をベルン経由でルツェルンに出るか、それともブリークまで戻り、まずは大きい廻り道をしてゴットハルト峠に登るか、どちらかである。これは私があなたにこの短い書簡の中でもう三度もお伝えしたと思う。むろん、ことは私たちにとって最重要事である。

結果次第で明かになるのは、何とか成功するに違いないとする私たちの勇気と信念か、あるいは何としてでもこの行程を無理にも断念させようとする二、三の人の賢明さか、どちらが正しかったかということになる。確かなことは、勇気と賢さとがおのが運命をためさなければならないということである。今もう一度空模様をたしかめ、大気が冷えて、空は晴れ、雪の気配なしと見てとってから、私たちは安らかに眠りに就く。

――夜中に目が覚めるとすぐ窓辺《べ》に行く。空は晴れ、寒く、私はオリオン星座を見た。

十一月十二日朝六時、ミュンスター

旅の支度はもう完了。荷造りももうできているから、夜が明けるとともに当地を発つことが出来る。オーバーヴァルトまで二時間、さらにそこからレアルプまで六時間の行程だ。私たちのロバは、行けるぎりぎりの所まで荷を積んでついてくる。

十一月十二日、レアルプ

夜とっぷり暮れる頃、私たちはここ（レアルプ）に着いた。試練に耐え、行く手に絡んでいたからみ合いが一気に解《と》きひらかれた。あなたはいまどこにお泊りか。ともかくお伝えする前に、そして私たちを暖かく支えてくれた人々のことを記しておく前に、たのしく思い起して記しておきたいことがある。不安を抱きつつ立ち向かった道を、私たちは無事に歩み通したけれども、苦労しなかったわけではない。

七時にミュンスターを発ち、雪に蔽われた高い山々が私たちの前に円形劇場のようにびっしり並んでいるのを見た。その背後に斜めに突出しているのがフルカ峠だと考えた。けれども、あとで聞いたところでは、それは私たちの間違いだった。峠は、私たちの左手に連なる高い山々と雲にかくれていたのだった。強風が吹きつけ、雪雲にぶつかって軽い吹雪を山々と谷間に飛散させた。雪の吹きだまりがそれだけ強く地面にただよって、そのため私たちは、左右両側とも山々にびっちりと囲まれているのに幾度も道に迷った。それでもついにはオーバーヴァルト村落を見出さずにはおかなかった。

九時過ぎ、そこに着いて宿屋に立ち寄ると、中にいた人々は、こんな恰好の者たちがこの季節に現われたのを見て、少なからず驚いた。フルカ峠はまだ歩いて通れるかね、と訊《き》くと、彼らの答えていわく、わしら土地の者は冬でもだいたいフルカを越えていくが、あんた方のようなお人が峠越えをやれるかどうか、わからんなあ、と言う。ただちに、それができそうかどうか、案内役《ガイド》を手配しに行ってもらった。するとずんぐりと屈強そうな男がやってきて、その形姿が信頼できそうに見えたので、さっそく頼んでみた。私たちに峠越えができると思えたら、そう言ってくれ、そうしてもう一人か二人、仲間を呼んできて私たちと一緒に行ってくれ、と。しばらく考えて、彼は賛同し、準備をして仲間を連れてくると言って出ていった。その間に私たちはロバ牽きに賃金を払ってやった。この先はもうロバの用はないからである。

少しばかりのチーズとパンを食べ、赤ワインを一杯飲んでおおいに愉快になっていたところへ、私たちのガイドがまたやってきて、ずっと背が高くて頑丈そうに見える男を連れてきたが、その男は馬匹《ばひつ》のような強さと元気がありそうに見えた。一人が旅行かばんを背に負い、こうして一行五人は村から出かけたのだが、するともうすぐに、左手の山の麓に着き、次第に登り始めることになった。始めのうちは、すぐ地続きの草地《アルプ》からおりてくる歩道があったが、やがてそれもなくなり、私たちは雪を踏みしめて山に登らなくてはならなくなった。ガイドは、何もかも見渡す限り雪が積もっているのに、徒歩径がついているらしい岩間をうまく歩いていく。しばらくトウヒの森の中を抜けて行くと、ローヌ河が足もとの狭くて不毛に見える谷に流れていた。

しばらくすると私たち自身もこの谷におりていかなくてはならなくなり、小さな木橋を渡ると、目の前になんと、ローヌ（グレッチュ）大氷河が見えた。これは私たちが今までに見たうちでもっとも全体を見渡せて、途方もなく巨大な氷河だった。それはある山の鞍《あん》部《ぶ》でかなりの幅を占め、間断なく流れ下り、下の谷に達してローヌ河が流れ出す。人の話によると、この氷河口のところで氷河はここ何年か相当に後退したというが、しかしその上に残る巨大な氷塊にくらべれば、何たることでもない。

万物は積雪に蔽われているが、けわしい氷の絶壁には何とも風が雪を付着させず、それと青い胆礬《たんばん》石の裂け目とが見えている。氷河がどこで終り、雪に蔽われていても岩塊がどこから始まるのかも、はっきりわかる。私たちはすぐそばまで近づいたが、それは私たちの左手にあった。やがてまた単純な木橋を渡り、小さな谷川を越えた。この小川が草木一本もない谷間をローヌ河へと流れていっている。氷河からは右も左も前方にも、どこにも木というものは一本も見当らない。すべてはモノトーンで、荒涼としている。けわしく突き出た岩などはなく、あるのは長々と続く谷、ゆるやかなカーブを見せる山だけで、これらが、万物を均一にする雪の中で、単調な平面を私たちに向けて押し出してくる。

私たちは続いて今度は左手の山に登ったが、深い雪にすっぽり埋まってしまった。私たちのガイドの一人が先頭に立ち、懸命に進んで道を切りひらかなくてはならず、私たちはそのあとについて行った。その道から目を挙げ、自分自身と一行とに目を向けると、一種独特の奇異な眺めだった。私たちがいる所は、世界中で最も寂寥たる地であり、巨大で単調な雪に埋まった山々の荒野なのである。ここでは前にも後ろにも三時間は人影ひとつなく、両側には曲がりくねる山脈の幅広い深淵があるばかり。一列になった人間が、前を行く他人の足跡をつけていくことしか見えない。広滑な荒野で目に入るものといえば、人の行く足跡しかない。私たちが入《はい》りこんできた広い谷間は、振り返って見ると灰色に果てしもなく霧が立ちこめている。雲は色もなく太陽をかすめて飛んでいる。舞う雪は深い谷に飛び散り、万物の上に「生きているもの」というベールをかける。

私が確信するところでは、この道行きで己れ自身の空想力にある程度支配されてしまうと、その人は外的危険はなくても、不安と恐怖にかられて自滅してしまうだろう。そもそもここでも墜落の危険はない。危険なのは雪崩《なだれ》だけだが、それも雪自身の重みで転がり始める場合だ。でもガイドが語るには、彼らは冬の間中いつでも、山羊の皮革をヴァレイからゴットハルト峠まで運ぶために、この峠を越えて行くことがある。これは非常にいい取引きになる由。彼らはさらに、雪崩を避けるために、私たちが通っているルートをゆっくり登るのではなく、しばらく幅広い谷間に立ちどまっていて、急な山を一気に登るという。その道程はより安全だが、ずっと苦しい。

三時間半の行軍の後、私たちはフルカ峠の鞍部、ヴァレイとウリの州境の十字架のもとに着いた（二四三一メートル）。ここに来てもこの峠（フルカ）の名の由来（フォーク）である山は見えてこなかった。

それから先の道は下《くだ》りで楽になるだろうと願った。ところがガイドは、雪はもっと深くなりますぜと予告、まさにそのとおりの目にあった。私たちの行軍は今までどおり、一列縦隊で続行。行く路を踏み拓く先頭の者は、しばしば腰のベルトまで雪に埋もれた。彼らがうまく楽々とことを進めるのを見て、私たちは元気づけられた。正直に申せば、私個人はそれほどは苦労せずにこの行程をやり抜けることをしあわせに思ったのだった。むろん、これが散歩だったなどと言うつもりはない。［ワイマルの］猟師だった従僕ヘルマンが、［故郷］テューリンゲンでもこれくらいの深雪に遭ったことがあると言っていた。その彼も後になって、フルカは古腐肉《フルフニク》だ、と言わずにはいられなかった。

一羽のハゲ鷹が信じられぬような速度で私たちの方へ飛んできた。この荒涼たる地で私たちの出会った唯一の生き物であった。そして遠くにはウルゼルン谷の山々が陽光を浴びて見えた。

私たちのガイドたちは、人影のない、雪に降りこめられた石小舎に立ち寄って何か食べましょうと言ったが、寒気の中に立ちどまらぬように私たちは彼らを駆り立てて歩き続けた。十字架の地点から三時間半も歩いて、いくつかの谷の刻みを過ぎ、レアルプの家々の散在する屋根が見えた。途中で何度か彼らに、レアルプにはどんな宿屋があるのか、とくにどんなワインが飲めるかねと尋ねたが、どうも期待できる程のはかばかしい返事がない。でも彼らが力をこめて言うには、あそこのカプティーン派修道士たちはゴットハルト峠のような巡礼者宿泊所は持っていないが、しばしば異国の人を泊めてくれることがある、とのこと。そこでガイドの一人を先行させ、神父に私たちの来訪を知らせ、一泊の許しを請《こ》わせることにした。そうしておいて私たちも遅れじとあとを追い、やがて（夕刻五時）そこに着くと、背の高い堂々たる神父がひとり戸口のところで私たちを迎えてくれた。ようこそ、と非常に親切に迎え入れ、まだ入口のところで、十分なおもてなしが出来ないのは我慢していただきたい。この季節柄、お客さまを迎える備えが出来ておりませんので、と断りつつ、さっそく暖かい部屋に通してくれ、私たちが長靴を脱ぎ、下着を換えるのをマメマメしく手伝ってくれた。そして幾度も言葉を重ねて、どうか気楽にくつろいで下さい、と言った。ただし食事はというと、クリスマスまで続く（待降節前の）断食期になっているので、粗飯には我慢なさって下さい、と言う。いや、私たちは、暖かいお部屋、一切れのパン、一杯のワインさえいただければ、すべての願いはかなえられます、と言葉を尽くした。神父は私たちの願いをそのとおりにかなえてくれた。

　私たちが少し元気を取り戻すと、彼はさっそく自分たちの境遇と、この荒涼たるところでの生活状況について語り始めた。「私どものところには、ゴットハルト峠の神父たちのような巡礼者を迎える宿泊所はございません。私たちは教区の神父でして、計三人です。私は説教を担当する係り、もう一人は学校教師、修道士は家事係りです」と。さらに語り続けるには、この任務は困難極まるもので、すべての人と切り離された孤独な谷の果てに住み、乏しい収入で多くの任務を果たすという労多きものです。他の任地同様、ここの部署も以前は世俗聖職者が在任していましたが、あるとき村の一部が雪崩の災害を蒙った際に、彼が聖体壇を持ち逃げしてしまいました。その男はクビになり（聖職位を剥奪《はくだつ》され）、この部署はもっと忍従に耐えられると思われる私たち三人にまかされたのです、と語った。

今こうしてこれを書くため、私は、階下からの穴で暖めている階上の部屋に移ったところだが、お食事の用意ができましたという合図は、すでに少々いただいていたのだが、とてもうれしく響いたところである。

夜、九時過ぎて

神父、貴人、下僕、（ガイド役の）荷担ぎ人夫、一同そろって一緒に一つのテーブルを囲んで食事をした。台所で用をしていた修道士だけは、食事の終りごろになってやっと姿を見せた。彼は卵とミルクと小麦粉とから実に多様なご馳走をつくってくれ、私たちは大喜びでそれらをおいしくいただいた。荷担ぎ人夫たちは無事成功した冒険旅行についてたいそうご機嫌になって語り出し、私たちが実にうまく歩いたとほめ、このようなことを誰とでもやるということはないと断言した。彼らが今になって白状したところによると、彼らは今朝はやく伴《とも》案内を頼まれたとき、まず一人が偵察に来て、私たちがうまく一緒にやれる面《つら》つきかどうか探りに来たのだと言う。それは、彼らが非常に警戒するのが、高齢者か病弱者とこの季節に同行することなのだからだ。なぜか。ひと度《たび》峠越えを約束した人が万が一疲労困憊《こんぱい》したり病気になったときは、その人を背負うことが彼らの義務だからである。万が一お客が死んでも、自分自身が生命を失う明らかな危険がない限り、お客を放置することは許されないのだ、と。こういう白状がなされるや、話の堰《せき》は切っておとされた。ひとりまたひとりと続けて、困難な登山や山の事故についていろいろな話が始まった。この点、土地の人はみな共通のひとつのエレメントの中に生きているようなものである。だから彼らは、日々さらされている事故の実例について、あけすけに語り始めた。ひとりが語った話によれば、ゲンミ峠を越えるべくもうひとりの仲間と――常々呼び名とあだ名もついているのだが――カンダーシュテークに行ったとき、深い雪の中であわれな一家と出会った。母親は死にそう、男の子はもう死にかけ、父親は狂気に近い放心状態だった。彼が女性を背負い、仲間が男の子をおぶって、動こうとしない父親を無理矢理歩かせた。ゲンミ峠から降りていくうちに女性は彼の背中で息絶えた。死んだ彼女を背負ったままロイカーバートまで運んでおろした。何をしている人なのか、こんな季節にどうして山に入ってきたのかを尋ねると、ベルン州から来た人たちで、困窮極まって天候のよくないこの季節に土地を離れ、ヴァレイかイタリアにいる親類を訪ねようとし、悪天候に遭ってしまったのだという。さらに（ガイド役、担ぎ人夫の）彼らが語ったのは、冬に山羊の皮をフルカ峠越えで運ぶときに実際に経験したことどもであった。そういう時、彼らはいつもしっかり隊伍を組んで行くそうだ。

こうしている間に、カプティーン派の神父は幾度も食事のことで言い訳をした。私たちは、これ以上望むことは本当にありませんと繰り返す。彼が彼自身と今の生活状態に話を向けたので、この人が当地に赴任してまだそう長くはないとわかった。彼は説教の職務と、説教師が持つべき技量について話し始めた。彼は説教神父を、自分の商品をほめたたえ、感じのいい語りによって人々の気にいるようにしなくてはならぬセールスマンにたとえるのだった。話を続けながら彼は立ち上り、左手をテーブルの上に置き、右手は自分の言葉に調子を合わせ、〝語り〟について弁舌家のように語るので、その瞬間は、彼自身がうまいセールスマンであることを私たちに信じこませようとしていると思えた。私たちが拍手喝采すると彼は、話述からもとの本題そのものに移っていった。そしてカトリックという宗教をほめたたえた。

「信仰の規律を私たちは持たねばなりません」、と彼は言った。「この規律が可能な限り確固不変であることこそカトリックの最大の長所なのです。聖書は私たちの信仰の基盤です。しかしこれだけでは十分ではない。俗悪な者たちの手にこれを渡してはなりません。なぜというに、それは大変神聖であり、神の霊を各頁において証《あか》ししていますが、地上的な考え方の人間はこれを把握できず、至るところで混乱と躓《つまず》きを見出しがちだからなのです。

平信徒たちは、そこに出てくるいくつもの恥ずべき物語から、どういうふうにして善き道を学び取ったらいいのでしょうか。それらは信仰を強化するため、試練に耐え経験を積んだ神の子らのために、聖霊によって書き記されたものなのですが、ことのつながりが見えない俗物はどうしてそこから善をひき出せましょう。表面上はあちこちに見かけられるいくつもの矛盾や、聖書各書の不整合、いろいろな種類の著述上の乱れをどうして抜け出せるでしょうか。これは学者たち自身にも大変難しい問題であって、一般信徒たちは実に多くのところで理性を凍らせてしまわなくてはなりません。

とすると私たちは、何を教えるべきか。

聖書に基づいた、聖書の最良の解釈によって証しせらるる規則です。しからば、誰が聖書を解釈すべきか。何人《なんぴと》がこの規則を確定すべきでしょうか。私とか、ほかのばらばらの方々でしょうか。断じてそうではありません。おのおのの人は物ごとの関連を、それぞれ違うやり方で、己れの想いに従って各観念でつくり上げる。すると百人百色の教えが生まれ、今まで多かったように、言い尽くしがたい混乱が生じてきます。

そうなのです。聖なる教会にのみ、聖書を解釈し、規則を制定する資格があります。私たちはそれに従って霊的生活を送らなければなりませぬ。さてしからば、この教会とは誰なのか。それは、あれこれの地上の首長ではない。あれこれの資格者でもない。そうではなくて、すべての時代の最も聖にして、最も学識を備え、最も経験豊かな人たちであります。

彼らは心を一つにして集まり、聖霊の御守りのうちに、次第々々にこの偉大にして普遍的な整合性のある建造物をつくり上げていく。彼らは諸会議において、おのが思想を伝え合い、互いに育て合い、諸々の誤りを追い出し、他のどのような宗教も自負することのできない、われらの安全確実な教えの基盤を備えたのです。この人々が教えを守るために濠《ほり》を掘りめぐらし、防御壁を築いてくれたので、地獄すらもこれを打ち負かすことはできない。聖書の本文もそうです。私たちにはヴルガータ訳の聖書があり、どの国の言語でも教会によって認められた翻訳がある。それに基づくのがかの整合性でありまして、何人《なんぴと》も驚嘆せざるをえないのです。

あなた方が私の申しておることを、たとえ世の果てのこの地であろうと、あるいは遠い異国の最大の都でお聞きになろうと、無骨極まりなき人かもしくは優れたキリスト者の語るのをお聞きになろうと、万人が一つのことばを用いて語り、カトリックのキリスト者はつねに同じことを聞き、どこに在《あ》っても同じように教えを受け、教育されるでしょう。これこそが私たちの信仰の確かさを形成するものであり、私たちに豊かな満足と確たる信仰を与えてくれるのです。この確かさの中で私たちは固く互いに結ばれて生き、より幸いなる者としていつの日か再びお会いするのだと確《かた》く信じて互いに別れるのです」。

以上のスピーチを神父は、説教のときと同じように、順序よく語った。自分を有利な面から示せるという快い内的感情からしたのであって、人に教えを垂れようといった信心ぶった口調ではなかった。彼は語りつつ手ぶりをまじえ、両手を僧服の長い袖に入れたり、おなかの上で組んだりした。あるいはまた僧服の頭布《ズキン》から嗅ぎタバコ入れをうやうやしく取り出し、ひと嗅ぎしたあとで投げ入れる。私たちが彼の語るところに注意深く耳を傾け、彼自身の関心事を私たちが受け入れている態度に満足しているようだった。この瞬間に何かの霊が彼の耳に囁《ささや》いて、彼の熱弁が［宗教改革を支えた］フリードリヒ賢明公の末裔《まつえい》［のワイマル公］に対してなされたのだと知ったら、さぞや驚いたことだろう。（訳者注　ゲーテ自身もカール・アウグスト公と同様にルター派のプロテスタントである）。

一七七九年十一月十三日、ゴットハルト峠

朝十時出発、午後二時ゴットハルト峠に到着（二一〇八メートル）。

（ついに私たちは、旅の頂点を極めた。決めたとおり、私たちはここから南国には向かうことをせず、祖国に向かう。）

当地のもとの宿泊所は再確認できなかった。少し前に、雪崩によって大きな被害を受けた由。神父たちはこの機会に国中で寄附金を集め、彼らの住いを広げ、生活をしやすくしていた。頂上に住む神父のうち二人は不在だったが、私が四年前に会ったのと同じ司祭神父だ。もう十二年間もこの任地に耐えてきたセラフィム神父で、現在、ミラノにおられる。もう一人の神父は、今日のうちにアイロロから帰任することになっている。当地の澄んだ大気は、刺すように冷たい。食事を済ませたら、またすぐ書き続けよう。私たちは、あまり戸外には出ないだろう。

食後

ますます寒くなってきたので、ストーブから離れられない。ストーブにかじりつくように腰かけるのは、何とも気持がいい。こんなことがさりげなく出来るのは、このあたりではストーブをスレート石板で組み立てているからなのだ。

さて、それではまず、［昨日のことと］、レアルプからの行程について。

昨夜の話。寝る前に神父は私たちを彼の個室に案内してくれた。そこでは非常に狭いところに何もかもすべてをぎゅっとまとめてあった。藁《わら》布団と毛布という彼の寝床は、同じような寝具に慣れている私たちには、とりたてて珍しくはないように見えた。彼は私たちに書棚を含めて何もかも楽しく満足そうに見せてくれた。彼の持ち物すべてをほめてから私たちは満ち足りてお休みと言い合い、床に就くことにした。ところが部屋を整えようとすると、一つの壁にベッドを二台置くために、ベッドは並より小さいものだった。ひどく狭くて寝られず、椅子を組み寄せて何とかしようと悪戦苦闘。

今朝、目ざめて階下におりていくと、楽しげにご機嫌な顔が待っていた。ガイドたちが昨日のなつかしい道をまた帰っていこうとしており、それがエポック・メイキングな出来事であり、この出来事を他国の人々にも語り聞かせて彼ら自身の役に立てようとしているらしい。その上たっぷり労賃をもらったので、彼らの冒険物語は十全のものとなったらしい。それから私たちはたっぷり朝食を摂って、別れを告げた。

さて、私たちの進む道はそれからウルゼルン谷を行くのだが、この谷は不思議なことにこんなに高い所であるのにみごとな牧草地があり、牧畜が盛んなことだ。ここでつくられる［ウルゼルン・］チーズは、私が大好きなものである。ここには樹木は全く生えていない。バッコヤナギの茂みが小川の両岸に群れ、山並みの麓では小灌木の茂みがからみ合っている。これは、私が知っている全ての地方の中で最も好ましく、最も興味深いものだ。なにしろ、かつてのいくつもの思い出がそれを価値あるものにし、自然の多くの奇蹟がここに連鎖のように連なっているという感懐が、言いがたいひそかな楽しみを私に与える。しかしまずお伝えしておこう、今こうしてご案内している地方全体は雪に覆われているのであって、岩石も牧草地もすべてが雪に埋まっている。空はすっきり澄んで晴れ渡り、雲ひとつなく、その青さは平地で私たちが慣れているよりもずっと深い。空に聳《そび》え立つ山々の背は、陽光に明るく光るか、陽光を浴びぬままの山の背は青みを帯びている。

私たちは一時間半でホスペンタールに着いた。この集落はまだウルゼルン谷の底にあり、ゴットハルト峠への途上にある。ここで私は前回の［四年前の］旅のあとを初めて踏んだ。私たちは宿に立ち寄り、明日の昼食を注文しておいて、登攀《とうはん》にかかった。鈴をつけたロバの長い一行があたり一帯を賑やかに活気づけている。この音は、すべての山の思い出をよみがえらせてくれる。山道はほとんどどこも人の足跡があり、滑る雪道は鋭いアイゼンでかなり切り拓《ひら》かれている。私たちはまた、数人の道路人夫が仕事に就いて、滑る氷の上に土を撒《ま》いているのに出合った。以前からこの地方の雪景色を見たいと思っていた願いがかなえられた。道は、岩に砕けるロイス川に沿ってのぼる。ここでは滝が実に美しい形をしている。私たちは長いこと立ちどまって、黒い岩の上をかなりの幅で流れる滝の美しさに見とれた。岩のさけ目や平面のあちこちに氷の塊が付いている。そのために水が黒白まだらの大理石の上を流れているかのようだった。氷が陽光を受けて水晶の固まりや光線のようにきらめき、清水がその間を清らかに流れ下っていく。

山では、ロバほど面倒な仲間はない。彼らは足並が不揃いで、険しいところにかかると不思議な本能でまずその下に立ちどまり、それから急に駆け上がり、上にのぼるとひと休みする。さらに、所々に現われる平らなところでしばしば立ちどまり、やがてロバ追い人夫や後続のロバに追い立てられる。それで歩調正しく歩く人間は、山道ではようやっと彼らの脇を通り抜け、こういったロバの列をいくつも追い越すことになる。何かを眺めようとして立ちどまると、連中が先頭を立ててやってきて、耳をつんざかんばかりの鈴の音と脇腹に下げた積荷に悩まされる。(ロバは計六十三頭だった)。

私たちはこうしてやっと山頂に辿りついた。それは禿頭《はげ》に冠をのせたようだとご想像いただきたい。頂上の平らな所は周囲を幾つもの山頭に囲まれており、その眺めは遠近ともに禿頭かまたは雪をかむった絶壁と断崖に仕切られている。

ここでは、暖をとることは容易ではない。なにしろ暖をとろうにもここは柴しかないのだから。それさえ節約しなくてはならぬ。それは三時間もかけて下から担ぎ上げなくてはならないのだが、先に記したように、ここ山の上には樹木が生えていないからである。

話に出ていたあの神父がアイロロから帰着した。凍えきってしまい、着いたときは一言の口もきけなかった。ここ山の上では、ほかの教区の人々より暖かい服の着用が認められているけれども、その服でもここの気候用にはできていない。神父はとても滑る道を逆風にさからって登ってきた。ひげは凍りつき、しばらくしてからやっと我に返ることができた。私たちは、ここの滞在がどんなに困難かについて語り合った。彼は、一年を通しての彼らの生活状況、その苦労、経理状態について話してくれた。彼はイタリア語しか話さないので、私たちはこの春以来学習してきたこの言語をここで使うチャンスが出来た。夕方、私たちは戸口をちょっと出て、この神父にゴットハルトの最高とされる峯《みね》はどれかを教えてもらった。でも、ほんの一、二分も我慢できなかった。外はそれほど痛烈に、身を切らんばかりに寒かった。私たちはそこで屋内にこもることにし、明日出発するまでは、このあたりの景色はゆっくり心のうちに想像することにした。

戸外のひととき、空も雲もサファイアのように澄み切っていて、新月は不思議な光を雪の上に投げて沈んだ。

不思議な思いがしてならぬのだが、四年前、私はまるで違う心配、思い、計画そして希望を抱きつつここに泊り、何故かわからぬ想いにつき動かされてイタリアに背を向け、今現在の状況へと知らずしてつき進んだのであった。

ゲーテ 42 歳

あとがき

ゲーテ（Johann Wolfgang von Goethe　一七四九―一八三二年）は、母語ドイツ語で非常にたくさんの、のびやかで若々しい詩をつくった。生地フランクフルトでの幼少四、五歳の頃から正しい韻律を踏んだ詩を数多くつくり、彼が先頭に立って率いた疾風怒濤期と呼ばれる青年時代から、公国ワイマルに招かれて一生をワイマルで送ったあいだも、正規に発表したものだけでも一五〇〇篇以上の詩をつくって世に贈った。

同時にゲーテは『若きウェルテルの悩み』や『親和力』、『ウィルヘルム・マイスター』などの小説や、壮大な戯曲『ファウスト』、自伝『詩と真実』など多くの文学作品をのこした作家であり、演劇人でもあり、さらには何よりも一国をひきいた行政官、政治家、宮廷人であり、自然研究者でもあり、十八、十九世紀前半の当時としては類《たぐ》い稀な八十三年の長寿を悠々と生きた生活人でもあった。健康なからだ、よく響くバリトンの声、大きな美しい眼をもって多くの人を魅きつけ、神と人を信じ、女性を愛し、愛妻家だった。

その彼にも銀、銅の鉱山開発という国家事業の最終段階の一つの失敗や、人間関係の挫折も幾度かあった。生きた人間としては当然のことだったろう。そのような人生の喜びと悲しみをうたった彼の詩のうちの約六〇篇をここに訳出し、さらに加えてゲーテが三十歳の年の晩秋から冬にかけて、カール・アウグスト公と語らって敢行した第二次スイス旅行の書簡記録の一部を訳出し、彼が「作品」として意識して手を入れたものではない、正直素直なゲーテの「肉声」を、自然な散文から味わっていただいたと思う。

二十六歳の秋、ワイマル公国領主カール・アウグスト公に招かれてワイマルに移住し、公のよき相談役、片腕となって一生をワイマルで過ごすことになったが、公の依頼・命を受けて、そのひとつとしてワイマルの南五〇キロにある飛領地イルメナウ市に、鉱山再開発のため何回も出かけ、合わせてその折に西郊の八六一メートルの山、キッケルハーンに登っている。日本と違って、一部を除いて全国土がほぼ平らなドイツでは、高い山である。三十一歳の秋、そう、第二次スイス旅行から帰国して半年後に、再びキッケルハーンに単独で登り、山頂の狩人小屋に一泊して、即興の短詩「旅人の夜の歌」を板壁に鉛筆で書いた（本書61ページ）。改めてここに、ややくだいた直訳文も記そう。（ゲーテの詩四〇篇に作曲をしたフランツ・シューベルトに、この詩につけた驚くほど静かな、美しい歌曲がある　Op.96 No.8）。

峯々《みねみね》に
憩《いこ》いあり

梢《こずえ》をわたる
そよかぜの
あともなく
小鳥の歌も森にやみぬ
待てしばし　やがて
汝《なれ》もまた　憩わん

［口語調の直訳］

すべての峯をおおって
憩いがある
すべての梢の中に
お前は　そよ風のいぶきの
跡をほとんど見ない
小鳥は森に沈黙している
待つがよい　やがて
お前も　憩うのだ

Wandrers Nachtlied

Über allen Gipfeln
Ist Ruh,
In allen Wipfeln
Spürest du
Kaum einen Hauch;
Die Vögelein schweigen im Walde.
Warte nur, balde
Ruhest du auch.

ここでいう「旅人《ワンドラー》」は人生をはかなむ、寂しいさすらいの人ではなく、ワンダリングを勇ましく続ける活気あふれる人である。その人がやがて「憩う」とは、詩作したここでは夜の休みをさす。詩人自身はその時は思いもしなかったが、語られぬはるか彼方には、永遠の眠りをもさすであろう。夕日が沈んでゆき、気がつけば小鳥も歌をやめて、深い夜となっているではないか。長い時間の経過を、短い詩行にこめている。ゴットハルト峠の上に立った若い詩人の思いと、変わらぬみずみずしさがある。

それから約半世紀を越す五十二年後、八十二歳の誕生日を迎える前日の一八三一年八月二十七日、ゲーテは再びキッケルハーンに登った。翌二十八日の誕生日当日には、ワイマルの町でも宮殿でも彼の誕生日を祝う集りがさまざまに企画されている。それが煩《わずら》わしくてワイマルを逃げだしたのである。朝六時半から十三と十一歳の孫二人を連れ、馬車でイルメナウにむかった。かつて労苦をともにした人々に、若い世代を紹介しておき、結びつきをつくっておきたいと願いもしたのである。イルム川沿いの道約五〇キロの終り近くで老ゲーテだけ馬車をおり、川辺の道を独りで歩いてイルメナウにむかった。

川沿いの村々は、いずれも幾度も訪ねて護岸工事や農地改革を指導し、税制を改め、徴兵検査に立ち合い、土壌改革をはかり、牧草としてのクローバーの一種ムラサキツユクサを植えさせたりした思い出の村々だった。農家に火事があると、ゲーテははるかワイマルから馬をとばして消火活動の指揮に何度当ったことか。イルメナウはただの観光、登山の地ではない。しかしまた、この地に久しぶりに足を運んで来ると、多くのなつかしい者たち人びとのおもかげが瞼に浮かぶ。しかもそのおもかげはもうすでに地上にはない。妻クリスティアーネも、シュタイン夫人も、畏友フリードリヒ・シラーもカール・アウグスト大公（ワイマル公国はすでに小さな公国から大公国になっていた）も亡くなっている。さらに近くは、ひとり息子のアウグストが旅先のローマで急逝したという知らせがあった。これを聞いて「悲しい」と言わなかったが、黙してひどい喀血《かっけつ》をした。

かつて、ようやく二十歳に近づこうとするカール・アウグストは自ら足を運んで、前述のようにフランクフルトの若き詩人・弁護士のゲーテをワイマルに招いた。二人の信頼は互いに厚かった。とくにその招きから四年後に二人して秋から冬のスイス旅行を敢行し、ローヌ河をさかのぼり、雪のフルカ峠を越えた冒険は二人の友情を一生不動のものにした。

ゲーテはあれほど多くの恋の詩をうたったのに、意外にも実生活では極めて身持がかたかったのに対して、カール・アウグストは身持が悪くて、ゲーテはそれで身近で非常に苦労したのだった。国政全般の重責に加えて大変だったのは、疲弊《ひへい》した国家財政の建て直しだった。二〇万ターラーの年間予算のうち、軍隊好きのカール・アウグストは六万ターラーを軍備に当てていた。宮廷費は二・五万ターラー。ゲーテは君主をくどきにくどいて、この軍備費を半分に減らし軍備縮小＝半減という大改革をついにやってのけた。二人の信頼関係があったればこその大事業だった。それもこれも、なつかしい思い出である。

ところで、当時のドイツは各地の方言が多く、ルターが聖書を母語に訳したのに、方言同士の差が実に大きかった。それらをみごとに統一したのが誰よりもまずゲーテとその周囲の文学者達の作品であった。この言語統一は政治ではなく、文学の力によった。

——しかし、なつかしいその人々はすでにもう皆、みんな、世を去ってしまった。そのことを、ゲーテはくどくどと嘆きはしない。静かに耐えていた。

キッケルハーンの再登頂に戻ろう。満八十二歳の誕生日の前日である。ゲーテは山頂に着くと、地もとの森林管理官を従えて、彼がかつて即興で詩を書いた壁を残して改築された狩人小屋を訪ね、二階南、窓際の板壁に残る鉛筆書きの「旅人の夜の歌」を改めてもう一度読んだ。薄れていたがまだ読めた。

そして非常にゆっくりと白いハンカチを紺色の服のポケットから取り出し、そっと涙をふきながら沈んだ声で言った。

「そう、

本当にそうだ。

待てしばし　やがて

汝《なれ》もまた　憩わん」

じっと身じろぎもせず、一分近く沈黙したまま立っていたが、やがて窓越しに黒ずんだドイツ唐檜《トウヒ》の森を見やっていて、しばらくして身をひるがえすと階段をおり、健やかな足どりで山をおりていった。

しかし下山する直前、ゲーテは空を見上げて雲を観察し、森のドイツ・トウヒとナナカマドの木々をしかと見つめ、足もとの花崗岩のかけらを踏みしめて二つ三つ手にとり、この山の成り立ちや地殻変動に思いをはせていた。

本書の「詩」の終りに数篇載っている最晩年の詩にも読者の皆さんはお感じになっただ

ろう。ゲーテが老いや人生の悲しみを血を吐くほどによく知りながら、そしてその意味を深く自覚しながら、晩年の詩には何ら暗いマイナスのかげもなく、「落ちる」、「傾く」、「おとろえる」といった降下衰弱の表現がいっさいないことを。朗々たる、しかし静かな明るさが彼の生の終りまであったことを、読みとられただろう。素晴らしいではないか。

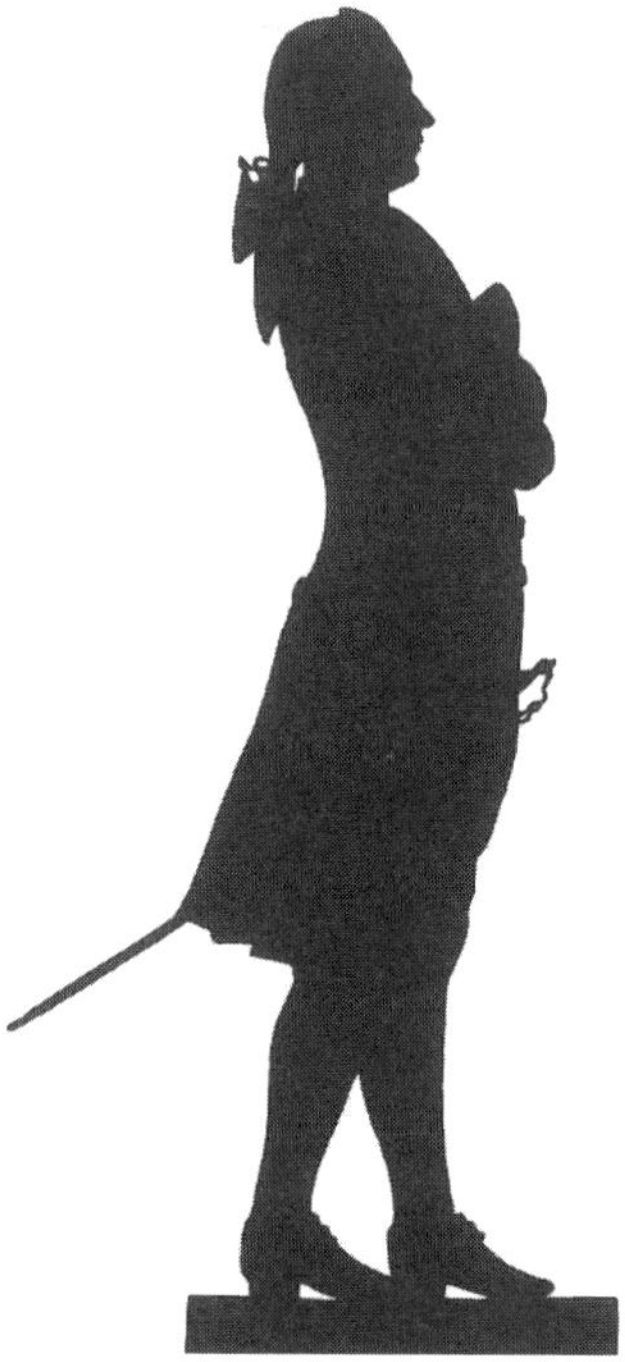

ゲーテの影絵（31歳）

小塩　節（おしお　たかし）

1931年長崎県佐世保生まれ。東京大学文学部独文科卒。国際基督教大学、中央大学文学部教授（ドイツ文学）、フェリス女学院院長、理事長を経て、現在、東京杉並・ひこばえ学園理事長、中央大学名誉教授。その間に（大学在職のまま）駐ドイツ日本国大使館公使、ケルン日本文化会館館長、国際交流基金理事・同日本語国際センター所長等を兼務。ドイツ連邦共和国功労一等十字章、同文化功労大勲章叙勲、日本放送協会放送文化賞、ワイマル・ゲーテ賞等を受賞、ケルン大学名誉文学博士。

著書に『旅人の夜の歌—ゲーテとワイマル』（岩波書店）、『ドイツのことばと文化事典』『ドイツ語とドイツ人気質』『ライン河の文化史』（講談社学術文庫）、『ガリラヤ湖畔の人々』『バルラハ—神と人を求めた芸術家』（日本基督教団出版局）、『トーマス・マンとドイツの時代』（中公新書）、『木々を渡る風』（新潮社1999年日本エッセイストクラブ賞受賞）、『「神」の発見—銀文字聖書ものがたり』（教文館）、『随想森鷗外』『ぶどうの木のかげで』『木々との語らい』『人の望みの喜びを』『樅と欅の木の下で』（青娥書房）、『モーツアルトへの旅』（光文社）、『ブレンナー峠を越えて』（音楽之友社）ほか多数。訳書にトーマス・マン『ヨセフとその兄弟』（望月市恵と共訳、全三巻筑摩書房）、『トーニオ・クレーガー』（主婦之友社）、カール・バルト『モーツァルト』（新教出版社）ほか多数。

ゲーテからの贈り物

2021年10月1日　第1刷発行

著　　者　J・W・v・ゲーテ
訳 編 者　小塩　節
発 行 者　関根文範
発 行 所　青娥書房
東京都千代田区神田神保町2-10-27　〒101-0051
電話03-3264-2023　FAX03-3264-2024
印刷製本　モリモト印刷

ISBN978-4-7906-0385-6　C0098
＊定価はカバーに表示してあります。